守銭奴勇者は恋した魔王を殺せない

Wasabi Momose

桃瀬わさび

Ruby collection

Contents

登場人物紹介
CHARACTER

アーサー
レンから金貨を受け取る
下町の青年。
首元には王家の
血筋にしか現れない
紋章があるが…？
ヨーゼフ・ファン・
ジュルラック
ジュルラック領の領主。
レンが金に執着する
きっかけとなった
因縁の相手。

守銭奴勇者は恋した魔王を殺せない

1

雨上がりのぬかるみに金色を見た気がして、歩みを止めてしゃがみこむ。

金貨のように輝く金の月と、くすんだ銀貨のような銀の月。

今日はどちらも満月で、『魔法で雲を吹き飛ばせ』なんて依頼をしてきた馬鹿な貴族たちは、やれどちらが美しいだのなんだの語り合っていたけれど。

——なんだ。金貨じゃなくて、金の月が映っただけか。

ぬかるんだ地面の一部に水が溜《た》まり、それが月を映して輝いたらしい。

金貨だと思って伸ばしかけていた手を握りしめ、一つ嘆息してまた立ち上がる。

そして無意識に胸元を探り、首から下げた金貨に触れて、彫り込まれた模様を指先で撫《な》でた。

何代か前の国王の横顔と、魔を退けるというヒパルメの葉。それらが刻まれていた表面は今では随分すり減って、凹凸が少なくなっている。

九歳のときからの癖だから、もう十三年。毎日磨いているそれを金の月に並べると、きらりと光を反射した。

鉄貨百枚で銅貨一枚。銅貨百枚で銀貨一枚。銀貨百枚で金貨一枚。

月だろうが金《かね》だろうが金が一番に決まっているが、この金貨を見るたびに複雑な思いが胸を占める。

孤児院に入った九歳のガキが、数年は暮らせるだけの金額は、金貨一枚もと言うべきなのか。

それとも、たった金貨一枚と言うべきなのか。

――一日で金貨三枚を稼げるようになった今なら、もうたったと言ってもいいんだろうか。十八でSランク冒険者になって、もう四年。

いつか両親を超える冒険者になって、金貨をうなるほど稼いでやる。生意気にもそんなことを考えて冒険者になった十五のガキは、国王から『金の勇者』なんて大層な二つ名をもらうまでになった。

稼ぎはもちろん、言うまでもない。

Sランクの依頼報酬は大抵が金貨で支払われるし、『魔法で雲を吹き飛ばせ』という今日の報酬は金貨三枚。貴族が用意した華やかな服を身に纏《まと》い、親ゆずりの整った顔立ちでにこやかに愛想を振りまけば、追加の銀貨もざっくざく。

無駄に贅《ぜい》を尽くした、いけすかない貴族たちの見世物になるのは面白くないが、一日の稼ぎとしては最上に近い。

――この落差を目の当たりにすると、どうにももやもやするけどな。

ふわふわと浮かぶ魔法の明かりで照らされた庭。食べ切れないほど多くのご馳走《ちそう》が並べられた大きなテーブル。ぴかぴかに磨かれた銀のカトラリーと、金で装飾の施された食器たち。

そして、ごてごてと飾り立てられたドレスを着たご令嬢たちの、髪や首元で輝く大粒の宝石。

『晴れた空に浮かぶ満月を見るため』だけに金貨三枚。

『金の勇者』が映えるようにと用意した、華美な装飾のついた服と靴は、おそらく全部で金貨一枚。

月に捧《ささ》げると言っては噴水のようにぶちまけられていた有名な銘柄のシャンパンは、一本で銀貨三十枚。

あのシャンパン一本で、あるいはこの服についた飾り一つで、庶民は何ヶ月暮らせるのか。

あれほどの贅を凝らすために、貴族たちはいったいどれだけ民から税金を搾り取ったのか。


立派な屋敷が建ち並ぶ貴族街に背を向けて、ごちゃごちゃとした下町へ。

履き慣れない優美な革靴で裏道に一歩踏み込んで、横たわる浮浪者を跨《また》ぎながら歩みを進める。

二つの月は明るく世界を照らすのに、下町の夜は暗く重い。

夜に明かりを灯《とも》す余裕なんて貧乏な庶民にあるはずもなく、雨風さえしのげない者も少なくない。

暑さも寒さも容赦なく命を奪っていくし、働いても働いても大半が国に持っていかれて、その日の糧もままならない。

そんな日々から抜け出したくて冒険者になっても、怪我《けが》を負い食えなくなって浮浪者に落ちる。そんな連中を山ほど見てきた。

金貨どころか銀貨さえ手にすることができず、鉄貨と銅貨をかき集めてぎりぎりの生活を送る。そんな人たちもたくさん見てきた。

俺が拠点としている孤児院では、今はまだかろうじて腹いっぱい食わせてやれているが……それでもゆとりがあるとは言えないし、増え続ける孤児に食料が追いつかないこともある。

庶民の現実はなかなかに厳しい。

――なんてな。うじうじ考えてもしょうがねぇし、せっかく満月が並んだ夜だし、今日のところはチビたちに土産でも買っていってやるか。

ふと思い立って脇道に逸《そ》れ、下町にある繁華街へと足を向けた。

もう月もかなり高く昇っているが、みんな満月に浮かれているのか、人通りは驚くほどに多い。

赤ら顔で安酒を呷《あお》り、踵《かかと》を踏み鳴らして舞い踊り、調子外れの歌を歌う。そんな賑《にぎ》やかな人々の間をぶらぶらと歩き、スリを躱《かわ》しながら建ち並ぶ露店に目を向けた。

数人の男女が並んでいるのは、蜂蜜《はちみつ》を使った揚げ菓子の店。それよりも長く列ができているのは、香ばしい匂いをさせている串焼《くしや》きの店。

どちらもかなりそそられるし、今の懐具合なら買ってしまってもいいはずだが……、どんどん増えていくチビたちを養おうとすればあまり余裕はないだろう。

仕方なく芋を練って丸めたおやつを人数分買って、袋を抱えて店を離れた。

そのときだった。

「なんだ？　あいつ」

雑踏をゆったりとかき分けるようにして、人の形をした闇が歩いている。

見上げるような長身をすっぽりと覆う黒の外套《がいとう》と同色のズボン。遠目にも上質だとわかる黒革のブーツ。全身黒ずくめの格好をしているから、闇を固めたように感じるのだろうか。

二つの満月が明るく世界を照らしているというのに、その男だけ夜に取り残されているような気がする。

――ここらでは見かけないけど、旅人……じゃあ、ないな。

装いこそ旅をしている庶民風だが、外套も靴も汚れていない。

貧乏なこの国では、石畳で舗装されているのは貴族向けの通りだけで、その他の道は少し歩いただけでもぬかるみにはまるか土埃《つちぼこり》が舞う。

あの男のように外套も靴も汚さずに歩くなんて不可能だ。

ということは、お忍びの貴族か、旅人のフリで何かを企《たくら》むワケありか。あるいは防汚の魔法がかけられた高価な装備を一式揃《そろ》えられる成金の類か。

なんにせよ近寄らないほうがいい相手であることには変わりない。

変わりない、の、だが……。

露出の激しい赤い服を着た女がその男にぶつかり、足をくじいたふりをしてうずくまっている。

『いったぁ』『大丈夫か』『うん、でも足をくじいちゃったから、家まで肩を貸してもらえるかい？』

——声が聞こえなくても会話の内容が想像できるのは、あの女がここいらで有名な犯罪グループの一人だからだ。

狙いを付けた相手を仲間のいる裏路地に引きずり込んでから、文字通り身ぐるみ剥《は》がすのが常。

まんまと騙《だま》されて肩を貸してやっている男の行く末も、知れているというものだろう。

「あー……どうすっか……」

見て見ぬフリをするのは簡単だ。

あつあつの芋菓子が冷めないうちに、このまま歩み去ってしまえばいい。

連れ込まれた先には複数のゴロツキが待っているだろうが、全身黒ずくめの男の体格もそれなりに良かった。

これが女性や子どもなら迷わず助けるところだが、それなりに鍛えていそうな男なら……下町をフラフラ歩く危険性を覚えるという意味では、これもいい勉強になるかもしれない。

男がゴロツキどもより強い可能性だってあるわけだし。

――でも、お忍びの貴族だったら面倒だよなあ。

『金の勇者』なんてご立派な二つ名を授けられ、そこそこ貴族たちと関わりができたから知っている。

この国の王族と貴族は、クズが六割、日和見が三割、まともなのは約一割。

その一割は権力がないか金がないか、その両方かという有様で、一番幅をきかせているのはクズどもだ。

偶然見かけた新婦が美人だったから、献上させて手籠《てご》めにした、とか。

子どもを轢《ひ》いて馬車が汚れたから、子どもの家族も皆殺しにした、だとか。

そんな逸話に事欠かないクズ貴族どもがお忍びで遊んでいるときに、もしもなんらかの被害に遭ったとしたら。下町の繁華街でひどい目に遭ったから、下町をすべて燃やしてしまおう――なんてことだって、クズ貴族どもならやりかねない。

男たちが入っていった路地の手前で足を止めて、がしがしと髪を掻《か》きむしる。

人助けなんて、ガラじゃない。

『金の勇者』とかいう大層な呼び名は、輝くような金髪にちなんで付けられただけ。割に合わない仕事はしない主義だ。

馬鹿な貴族から金を巻き上げるために品行方正なフリをしているけれど、下町でのあだ名は『金《かね》の亡者』。そんな名で呼ばれるくらいには報酬にこだわって活動してきたし、周りから呆《あき》れられるほど金にうるさくやってきた。

一金貨どころか一鉄貨にもならない人助けなんて、俺のポリシーに反するんだが。

「……くそ、しょうがねえ。こうなったら礼金をふんだくってやる」

せいぜい金貨でも磨いて待ってるんだな、と誰にともなく呟《つぶや》いて、裏路地に一歩踏み込んだ。

満月にも嫌われる狭い路地には、深く闇がこごっていた。

＊

助けるかどうか逡巡《しゅんじゅん》していたのがよかったんだろうか。

気配を絶って追いかけるとちょうど男が複数人に取り囲まれたところで、助けに入るにはまさに絶好のタイミングだった。

男を誘導し終えたからか、赤い服の女はいない。

取り囲んでいる連中は男ばかりで、手加減をする必要もない。

黒衣の男が胸ぐらを掴《つか》まれる寸前で相手の男の手首を掴み、すかさず雷魔法を放つ。

数分痺《しび》れる程度の弱いものだが、暴漢の制圧にはもってこいだ。

驚いた顔のまま気絶した男を見て残りの二人が警戒するけど、残念ながら反応が遅い。一歩踏み出したところでもれなく雷魔法を食らい、どちらも仲良くすっころんで、地面とお友達になっていた。

……かなり手加減したつもりだったが、あまりにもあっさり倒しすぎただろうか。

礼金を弾んでもらうためには、少しは苦戦したほうがよかったか？

いや、でも、こいつら相手に苦戦するのは逆に難しいんだが……やけにいいタイミングで現れて、全員を即座に制圧するなんて、逆にやらせっぽく思われてしまったかもしれない。

こんなゴロツキどもの仲間扱いされるなんて心外すぎるし、そんな誤解をされたら礼金ももらえなくなってしまう。

やはりここは、しっかりきっぱり、無関係を強調しておくべきだろう。

「間一髪、間に合いましたね。お怪我はありませんか」

暴漢たちを敢《あ》えてぎちぎちに縛り上げてから、心配げな表情を作って振り返る。

俺は通りすがりの親切な好青年ですよ。騎士団に突き出しやすいように、暴漢もしっかり縛っておきましたよ。

謝礼の遠慮はいりませんよ。

……そんな内心が露ほども想像できないだろう、爽《さわ》やかな顔立ちに産んでくれた母に感謝だ。

初見で本性を見抜かれることはまずないし、そこそこ整った顔立ちは誰に対してもウケがいい。

黙りこくっているこの男が何を思っているかはわからないけど……とちらりと男のほうを見て、気づかれない程度に観察する。

遠くで見たときも背が高いと思ったが、間近で見ると本当にでかい。

それなりに長身の俺よりも、さらに頭半分以上は大きいだろうか。どれだけ鍛えても筋肉がつきにくい俺と比べて、身体《からだ》も分厚いし体格もいい。立っているだけでは身のこなしはわからないが、多少は鍛えているんだろう。

男として羨《うらや》ましいほどの恵まれた身体に目を眇《すが》めたとき、男がようやく口を開いた。

「弱い雷魔法と同時に、土魔法で足元を脆《もろ》くして転ばせたのか。見事なものだな『金の勇者』。それとも『金の亡者』と呼ぶべきか？」

「……俺のことを、よくご存知《ぞんじ》のようで」

予想外の言葉にもかろうじて笑顔は崩さなかったが、声音に警戒が滲《にじ》み出《で》た。

これまでに会ったことのない男だ。

外套に隠されて顔は見えないが、男でも見惚《みと》れるような体格の良さに、大型の弦楽器を思わせる声の響き。歩いているだけで注目を集める、圧倒的な存在感。

一度でもどこかで会っていれば、決して忘れられないだろう。

――だとしたら何故《なぜ》、この男は俺のことを知っているのか。

『金の勇者』の名のほうは、知られていても不思議ではない。

貧乏なこの国を拠点としている唯一のSランク冒険者だし、名声を高めるように行動している。俺の顔を知らなくても『金の勇者』の名は知っているという人は少なくない。

だが『金の亡者』については別だ。

俺をそんなあだ名で呼ぶのは、気心知れた下町の連中か、遠慮のない孤児院のチビたちか。

あとは稼ぎも品も悪い冒険者たちが僻《ひが》み半分で口にするくらいだが、貴族然としたこの男には、どれもまったく当てはまらない。

どうして俺のことを知っているのか。

傍目《はため》にもわかりやすい雷魔法はいいとして、男たちを転ばせた土魔法はどうやって見抜いたのか。

地味で卑怯《ひきょう》で『金の勇者』らしくないから、一見しただけではわからない程度の使い方に留《とど》めていたのに。

まさかここに連れ込まれたのも、俺を誘い出すためだったとか……？

その疑問を視線に込めて睨《にら》みつけると、男がふっと笑みをこぼした。

「同業者だからな。また会おう」

同業者……？

ということは、まさか冒険者なのか？

聞き返すより早く男が動き、外套を翻して歩き出す。

すれ違う寸前に深く被《かぶ》っていたフードがぱさりと落ちて、男と視線が絡み合う。

恐ろしいほどに、整った顔だ。

右目を覆う眼帯で顔の半分を隠していても、その美しさは誤魔化せない。

雪のような白い肌に、完璧《かんぺき》に配置された目鼻立ち。月よりも輝く金の瞳《ひとみ》が、暗闇の中で妖《あや》しく光る。

それに思わず目を奪われ、さらりとした闇色の長髪が風に揺れるのに気を取られているうちに、男は姿を消していた。

後に残されたのは捕縛した三人の暴漢と、呆然《ぼうぜん》と立ち尽くす俺一人。

――あの男が、冒険者？

ギルドでは一度も見たことがないが、どこか他所《よそ》からやってきたのか？　難易度のわりに報酬が低いことで有名なこの国に、わざわざ？　なんのために？

あの一瞬だけで俺の魔法を見抜いたのか？　それとも、あらかじめ俺のことを調べていた？

ここで出会ったのは、本当に偶然だったのか？

次々と頭に浮かんでくる疑問を持て余しながら、戦う前に置いた芋菓子を抱え直して歩き始める。

雑魚三人の制圧にかかったのはものの数分だったのに、徒労感がずっしりと肩に伸《の》しかかってくる。

……めずらしく人助けをしてみたら、礼金なしのタダ働き。助けた相手からの礼もなく、むしろ謎だけ残されて、あつあつの芋菓子はちょっと冷めた。

慣れないことはするもんじゃない。

「くっそー！　助けて損した！」

敢えて大声で月に吠《ほ》えて、くさくさした気持ちで家路につく。

一晩の儲《もう》けに浮かれる気持ちは、すっかりなりを潜めていた。

2

増築を繰り返して迷路じみている孤児院が、九歳からの俺の家だ。

と言っても、十五で冒険者になってからは討伐依頼などで空けることが多く、実際に寝泊まりしているのは月の三分の一もない。

それでもいちいち王都で宿を探すよりずっと楽だし、俺が支払う家賃は孤児院にとって安定した収入になる。

Sランクまで上り詰めた今となっては、王都に屋敷を構えることだって不可能ではないけど、拠点を移す気はまったくなかった。

そんな孤児院からふらりと抜け出し、向かった先は下町にある薄暗い酒場。

厚めの外套を目深に被り、一見すると普通の民家にしか見えない店の扉を開けて、カウンターの端に座る。

それだけですっと酒を出してくる店主にもあくまで無言を決め込んで、待ち合わせの相手を待つこと数分。

俺が来たときのような何気なさで隣に座った茶髪の男に、無造作に革袋を差し出した。

「金貨三枚と銀貨八十二枚だ」

「わお、稼いだねえ」

からかうように口笛を吹いた男の顔立ちは、どこにでもいそうなごくありふれたもの。

髪も顔も目立つ俺と違って隠さないほうが目立たないなどと本人は嘯《うそぶ》いていたが、目立つ痣《あざ》のある首筋と口元をわずかに隠しただけで、完全に周囲に紛れている。

それに少し感心しながら、いつものようにぽつぽつと言葉を交わしていると、ふとあの男のことを思い出した。

「闇色の長髪に金の瞳、眼帯で顔半分を隠した黒ずくめの男?」

「ああ。知っているか?」

恵まれた体格を包んでいた高そうな服。庶民とは思えない洗練された物腰。初見ではお忍びの貴族かと思ったのに、同業者だと言っていた見知らぬ男。

美しい顔に浮かべていた微《かす》かな笑みまで思い出しながら問いかけると、深いため息が返ってきた。

「そりゃ知ってるよ、『幽玄の黒』でしょ。Sランクの中でも上のほう、大陸でも五指に入る冒険者。活動期間が長いから別の種族じゃないかなんて噂《うわさ》もあるけど、誰とも話さないから真相はわからず。そういえば、最近この国に入った、なんて話もあったかな」

「……さすがに嘘《うそ》だろ?」

「『金の勇者』レンフィールドに嘘を吐《つ》く勇気はボクにはないねえ」

ひらひらと手を振りながら言い返されて、ぐっと眉間《みけん》に皺《しわ》を刻む。

『幽玄の黒』――冒険者でなくても知っている、大物中の大物だ。

パーティーを組んでSランク指定を受けた冒険者はそれなりにいるが、ソロでSランクになれたのは俺を含めても十名ほど。

その中でも特に活躍している五名の実力者を大陸五指と呼んでいるが、彼らは一人で一個師団級の戦闘力を持つと言われている。

単体で国を滅ぼすことができるという、最強と名高い魔王には及ばなくとも、人の身に許された最高峰の強さを持つ者たちだ。

そして、その大陸五指の中でも最も長い期間活躍し続け、多くの国を渡り歩いている謎めいた男が『幽玄の黒』なのだが——あの男が本当に、その伝説とも言うべき冒険者なのか？

下町をフラフラ歩いているところを犯罪グループに狙われて、カモられそうになっていた男が？

本当に？

確かに、俺が使った魔法を一瞬で見抜いてはいたが——もしあの男が本当に『幽玄の黒』なら、何よりもまず、あの稀有な美貌《けうびぼう》が話題になるんじゃないのか？

だが、『幽玄の黒』と似た格好をしただけの男だったとしたら、あの余裕のある雰囲気の説明がつかないような気がするし……。

——あーもう、わっかんねぇ……。

あの男は『幽玄の黒』だったのか、そうじゃないのか。

どうして冒険者としては旨《うま》みの少ないこの国に来て、俺のことを知っているかのように話しかけてきたのか。

同業だと言っていたし、あの男がしばらく王都にいるのなら、また会うこともあるだろうが……。

そのときはいったいどんな顔をすればいいんだか、と鼻に皺を寄せて酒を呷り、唇を引き結んで虚空を睨む。

そうして思い悩む俺は知る由もなかったが、再会はすぐそこに迫っていた。

＊

指名依頼の完了報告をするために冒険者ギルドを訪れると、室内は妙に熱っぽい空気で満ちていた。

耳に身体強化をかけて、あちこちで交わされている言葉に意識を向ければ、聞こえてくるのは『幽玄の黒』についての話ばかり。

昨日ギルドに来ているのを見た、迫力がすごかった、などと語っている者もあり、やはりあいつの情報は正しかったのかと目を眇める。

俺が会った男が『幽玄の黒』だったのかは定かではないが……外見がここまで一致していると、ほぼ間違いないと思われた。

——あんな出会い方でなけりゃ、手合わせに誘うとこなんだけどなあ。

対人戦で技術とセンスを磨くのが、冒険者の成功への近道だ。

複数の魔法の並行使用も、相手の死角を狙うような剣筋も、勘としか言いようのない危機察知も、魔獣と戦うばかりでは覚えられない。実戦で生き残る確率を上げるためにはひりひりするような対戦が不可欠だし、相手が格上ならばさらに良い。

Sランクになって以降は格上との戦いなど望めるはずもなく、複数対一での鍛錬を繰り返してばかりだったが——『幽玄の黒』は長年活躍しているSランク冒険者で、大陸五指と言われる男だ。

あわよくばその強さを肌で感じて、できることなら打ち負かしてやりたいと思うのは当たり前のことだろう。

「あっ！　レンフィールドさん、ちょうど良かった！」

むさくるしい冒険者たちの間を縫うようにしてカウンターに近づくと、受付嬢がぱっと顔を明るくした。

また俺宛ての指名依頼か、俺でないと対応が難しいような緊急依頼が来たんだろうか。

後者にしては落ち着いているから指名依頼のほうか、と当たりをつけて尋ねると、案の定ギルド長が俺を探していたのだと言う。

わざわざ孤児院に使いまで出したようで、緊急なのかそうでないのかと内心で密《ひそ》かに首を傾《かし》げた。

そのときだった。

ざわめいていたギルドがしんと静まり返り、かつりと硬質な靴音が鳴る。

その音に導かれるようにして振り向いた先には、頭から爪先まで黒を纏った長身の男。

ふいに日が陰ったかのような、闇がその両腕を広げたかのような——服装のせいか雰囲気のせいか、どこか夜を思わせる男だ。

明るい時間に見るその姿は昨日のそれより一層黒く、呑《の》み込まれてしまいそうな迫力があった。

ギルド内にいた全員の視線を集めた男が、深く被った外套の下で、伏せていた睫毛《まつげ》をゆっくりと上げる。

酷薄な印象の薄い唇に、頬に影を落とす長い睫毛。金貨を思わせる金色の瞳が光を受けてきらりと輝き、まっすぐに俺に向けられる。

それを真っ向から見返してやると、唇が微かに弧を描いた。

……なんとなく面白がられている気がするのは、気のせいだろうか。

*

冒険者ギルドのギルド長室は、三階建ての建物の最上階にある。ギルド長の執務机と応接セットが置かれていて、窓からは賑やかな大通りが見下ろせる景色のいい部屋——の、はずだった。

すべてを台無しにするほど散らかっていなければ。

埃っぽい机にうずたかく積まれた書類の山。無造作に椅子の背にかけられた上着。壁に貼られたでかい地図と、その脇に立てかけられたいくつかの武器。

槍《やり》と斧《おの》を合わせたような形状をしたハルバードや、身体強化なしでは持ち上げることも難しいだろうバトルメイスにウォーハンマー。どれもよく使い込まれていて埃など少しも被っていないのは、ギルド長自らが武器を持って出掛ける事態がめずらしくないことを示していた。

——魔獣や迷宮の量に対して、冒険者もギルド職員もまったく足りてないもんなあ。

どうも書類を探しているらしいギルド長を横目に、壁に貼られた地図を眺める。

国全体を表した地図のうち、三割強を占めている朱塗りの部分。あれらはすべて、迷宮や大迷宮と呼ばれるものだ。

北にアルテラン王国、南にメイシャン帝国、西にはエルヘイミア大公国。そして東には、マナが濃すぎて魔力の少ない者は暮らせない、広大な土地を有する魔国。

そんな大国に囲まれているこの国だが、おそらく風土としては魔国にかなり近いのだろう。

さすがに魔国には及ばないにしろ、大気中のマナが溜《た》まりやすく、魔獣も迷宮も発生しやすい。

そしてそれらは、討伐が遅れると手が付けられないほど大きく強くなっていき、人々の生活をその土地ごと奪い去っていく。

――それなのに報酬は少ないんだから、冒険者がこの国に居着く理由がないよな。

依頼主がいる場合は別だが、単純に出会った魔獣を狩った場合は、ギルドと国が一定の報酬を支払うことになっている。だがその金額は、ギルドは大陸全土で一律の額が定められているのに対して、国はその国ごとの財政状況によって、自由に定めてよいことになっている。

その結果、この国の報酬は他の国より二割も低く、強い魔獣が多いくせに旨みが少ない。

さらに国としてもちっぽけで貧しく、庶民は貴族に搾取される構造とくれば、この国に冒険者が留まる理由がない。

俺のようにSランクになれば、魔獣の素材や魔石の売却代金でそこそこ効率よく稼げるようになるのだが、そこまで行けるのは一握りだ。

この国で生まれ育った者であっても、新人の時期を過ぎてある程度強くなってきたら、拠点を他国に変える者も少なくない。

「……迷宮が多いな」

思わずこぼれたというようにぽつりと呟いた男に目を向けると、人形めいた造形美がそこにあった。

背に流れるさらりとした黒髪に、顔の右半分を覆う眼帯。左目は金貨のように輝くまばゆい金色で、今はじっと地図のほうに向けられている。

……これでも、ソロでも入れる迷宮はかなり減らしたほうなんだけどな。

他国では魔獣が発生したらすぐに殺してマナを散らし、迷宮がゼロに近い状態を保っていると聞くから、やはりこの国が異常なんだろう。

「あったこれだ！　……いろいろ聞きたくなるだろうが、まあ目を通してくれ」

ようやく書類を見つけたギルド長がでかい声で喜んで、すぐに顔をしかめて手元の書類を差し出してくる。その気まずそうな表情に嫌な予感を覚えながら、渡された紙に視線を落とした。

一見するとごく普通の依頼書だが、緊急度は高め、報酬もめずらしく高め。危険度は最高のSランクだが、内容は葡萄《ぶどう》畑の近くの山で目撃されたグリフォンの討伐。

空を飛ぶ魔獣はただの剣士なら苦戦するだろうが、魔法も得意とする俺には特に問題となる相手ではない。

だが問題は、末尾にでかでかと記された条件だ。

思わず俺が「はあ？」と声を上げ、隣の男が沈黙を深くするようなことが、さも当たり前かのように書いてある。

「なんだ？　この条件。グリフォン討伐は構わねーけど、なんで臨時でパーティーなんぞ組む必要がある？」

「同感だな。案内人は必要ないし、私一人で事足りる」

「はあ!?　この俺が案内なんかするわけねーだろ！　俺一人で充分だって言ってんの！」

「待て待て、いきなり喧嘩《けんか》すんな。まず紹介するが、こっちが昨日話したレン坊──『金の亡者』レンフィールドだ」

「その呼び名の出処《でどころ》はアンタかよ、おっさん」

「おっさんじゃなくてギルド長な。で、こっちが」

「『幽玄の黒』ディノヴェリウスだ。昨日ぶりだな」

自ら名乗ってきた男に舌打ちで返し、視線を逸らしてため息を吐いた。

ずっと人形めいた無表情のくせに、金色の瞳が楽しげに輝いている。

案内人扱いしやがったのも、手のひらを返すように丁寧に名乗ってきたのも、わざとからかっていたんだろう。

お上品を絵に描いたような顔立ちなのに、案外いい性格してやがる。

「正直オレもどちらかで充分だと思うんだが、王子殿下からの指名依頼でな。『金の勇者』と『幽玄の黒』が倒したグリフォンを、王宮の夜会の目玉にしたいらしい」

「うげぇ」

めずらしく報酬が高いと思ったらそういうことか。

「いいか、怒るなよ」と前置きして、ギルド長がその他の条件を読み上げていく。
剥製《はくせい》にしたいのでできるだけ綺麗《きれい》な状態で倒すこと。それでいて『金の勇者』と『幽玄の黒』の強さを示すような傷が残っているとなお良い。グリフォンの回収は別で手配するから、討伐後は周囲に氷塊を設置した上で場所を知らせること。

「待った。てことはつまり、グリフォンの素材も魔石も向こうが持ってくのか？　それなのに報酬がこんだけ？」

「最初はそう言われたんだが、そこはちゃんと交渉したさ。ギルド職員が査定した金額の七割を、別途支払ってくださるってよ」

「おーおー、そりゃあ、ありがてぇこって」

七割ってのは、いったいどこから出てきたんだ。勝手に値切る根拠はなんだ。

依頼料こそ立派に見えるが、グリフォンの素材の買取価格から三割も引かれたら、むしろ相場より安いじゃねえか。Sランク二人を競わせて倒した魔獣を見世物にしようなんてアホなことを考えたなら、せめて三倍は出すのが礼儀ってもんだろ。

このドケチ第一王子め。

飲み込んだ文句の代わりに思いっきり舌を出してやると、隣で微かな音がした。

笑った際にふっと息が漏れたような音だったが、聞き間違いだろうか。

そちらに視線を向けても『幽玄の黒』は相変わらずの涼しい顔で壁に貼られた地図を眺めているし、こちらのやり取りなど聞いていないように見えるのだが。

他国から来たこいつにとっちゃ異常に安い報酬だろうに、金のことが気にならないんだろうか？

「断るのは自由……と言いたいところだが、ギルドとしても人死にが出る前に対処したくてな。王子様にこんな依頼を出されちゃ、別の冒険者に任せるわけにもいかねぇし。無理は承知で頼めないか」

真剣な顔で見つめてくるおっさんの顔から目を逸らし、手元の紙に目を向ける。

グリフォンが見つかったのは、葡萄畑が広がるカベル山の頂上付近。

作業のために人が出入りしていたら襲われるかもしれないし、葡萄の収穫にも差し支えるだろう。

グリフォンによる直接的な被害はなくても、その影響は計り知れない。

その地を治める貴族がどんなやつかは知らないが、どんな事情があったとしても、税金を納められなかった民の行く末は悲惨なものだ。

奴隷になるか、飢えて死ぬか、子どもを売って生きながらえるか——そうして孤児院に流れてきたチビたちの現実を知っていれば、断ることなどできるはずもない。

——面白くはないが……仕方ねえ。

受任のサインをさらさらと書いて、壁際の地図を見ながら立ち上がる。

いつ何が起きても対応できるように、拡張魔法がかけられている鞄《かばん》には旅の一式が入っている。

隣で同じくサインを終えた『幽玄の黒』さえ大丈夫なら、さっさと終わらせてしまいたいところだ。

「カベル山はそう遠くないから、走れば昼前には着けると思うが」

「それなら、今から出れば夕方には戻って来られるな」

「……わかってんじゃねえか」

カベル山まで日帰りでグリフォン討伐。

他の冒険者が聞けば卒倒するだろうし、現にギルド長も目を剥《む》いているが、『幽玄の黒』はこなす自信があるのだろう。

もちろん俺は言わずもがなだ。

——お手並み拝見と行こうじゃねえか。

口先だけの男なのか、Sランクの名に恥じぬ強者なのか。

弾む気持ちを抑えて不敵な笑みを浮かべると、『幽玄の黒』も微かに笑った。

3

走れば昼前に着くと言ったが、もちろんそれはSランクの走力をもってすればという話だ。

身体強化を使えない一般人なら夜に着ければいいほうだし、翌日は使い物にならなくなる。

多少旅慣れた冒険者なら日が暮れる前には着けるだろうが、移動で疲弊した身体でグリフォンと戦うことはしないだろう。

そんな中で日帰り討伐を言い出したからには生半可な実力じゃないと思っていたが、『幽玄の黒』は実際に、息も乱さずについてきた。

大陸五指は伊達《だて》じゃないらしい。

「さあ、着いたぜ。案内はしたが、獲物は早いもん勝ちだからな」

「その必要はなさそうだ」

そう言って『幽玄の黒』が天を仰いだのと、俺がそれを感知したのは同時だった。

太陽を背にして俺たちに向けて急降下してくるグリフォンが二頭。巨大な鉤爪《かぎづめ》を光らせて、食いでのある獲物を捕らえようとしている。

事前情報では一頭だったが、同時に現れなかったことで調査部隊が一頭だと勘違いしたのか。あるいは最近番《つがい》になったのか。

後者だとしたら、ご愁傷さまと言うほかないが。

——飛んで火に入るなんとやら、だな。

獲物が自ら飛び込んで来てくれるなんて、こんな楽なことはない。

警戒したのか中空で失速したグリフォンを見遣《みや》り、素早く剣を抜き放つ。

身体強化は脚と腕に。ほどよくグリフォンが近づいた瞬間を狙って力強く大地を蹴《け》り、狙うのはグリフォンの心臓だ。

殺すだけなら首を斬り飛ばすほうが楽だが、それでは査定額が下がってしまう。

正確に心臓だけを貫くように——と剣に魔法を纏わせたとき、すぐ横を闇が通り過ぎた。

「——は？」

皮膚と肉を斬り裂いて、脈打つ心臓を貫く手応え。

戦い慣れた身体は寸分の狂いなくグリフォンを貫いたけれど、俺の目と思考は『幽玄の黒』に釘付《くぎづ》けだった。

邪魔な外套を脱ぎ去って、『幽玄』が空を歩いている。

確たる足場があるかのように悠々と、長い黒髪をひらめかせながら——その髪に少しだけ混じっている金が、陽光に眩《まぶ》しく輝いている。

そんな『幽玄』の右手に握られているのは、身の丈ほどもある漆黒の大剣。

同族を亡くして怒り狂ったグリフォンの鉤爪が迫る中、『幽玄』が易々《やすやす》とそれを振り下ろす。

なんらかの魔法が込められているのか、あるいは引くほどの怪力なのか——バターを切るかのようにグリフォンの嘴《くちばし》から尾までを両断して、大剣は再び元の位置に戻った。

呆れるほどの速さだった。

まばたきのうちに虐殺が終わり、地に降り立ったのは人間が二人。

骸《むくろ》となったグリフォンがどさりと落ちる音が響く中、『幽玄の黒』の長い髪が、元の漆黒へと戻っていく。高い魔力を持つ者にごく稀《まれ》に表れるという、魔力が高まったときにだけ髪色が変わる体質なのだろう。

だがいったいどれほどの魔力を込めたら、あの硬いグリフォンを一刀のもとに両断できるのか。

間近で目にした神業に詰めていた息を大きく吸って、感嘆を込めて勢いよく吐き出す。

「すっっっ、」

「？」

「げぇぇぇぇぇ！　なんだ今の！　あの硬《かて》ぇグリフォンを易々と！　あんたマジで強《つえ》ぇんだな！」

グリフォンの首くらいなら俺も落とせる。胴体を輪切りにするのだって、全力で身体強化を使えばいけるはずだ。

だが、嘴から尾までを両断となると難しい。というか考えたことすらない。

グリフォンの全身の中で最も硬いのが嘴と爪なのだから、そこを避けて攻撃するのが定石だ。あの硬い嘴を斬って折れも欠けもしないなんてどんな業物の大剣なんだって話だし、それを成したこいつもすごい。

深窓の令嬢よりずっと美しい顔をしておいて、歯向かうものはすべてぶった斬ってやると言わんばかりの力業。

意外なんてもんじゃない。

膂力《りょりょく》や魔力にどれくらいの差があるかは戦ってみないとわからないが、さすがはSランクと言うべきか。

俺と同等かそれ以上に強い相手なんて、魔獣まで含めても会うのは初めてだ。

「……レンフィールド、だったか。随分と無防備に笑うんだな」

「レンでいいよ。俺もディノって呼ぶし！　アホ面で悪いけど興奮してるからそこは許して！　……うーわあ、マジでグリフォンが真っ二つじゃん！　断面もすげぇ綺麗なんだけど、その剣どんな業物なんだよ……！」

「さあ。オリハルコン製としか知らんな」

「オリハルコン!?」

それってあの、かなり濃厚なマナ溜まりでもごく稀にしか採掘できないと聞く、激レア中の激レア素材じゃねえか！

希少すぎてまず市場に出回らないし、小指の先ほどの大きさでも金貨が飛び交うとかなんとか。俺もまだ目にしたことがない伝説の素材で、あの大剣を作るにはいったいいくらかかるのか。

天文学的な数字ってことだけは間違いない。

大昔に作られた何振りかの剣が今もどこかに眠っているとか、最強の魔王はオリハルコンでできた神剣を携えているとか、そんな噂だけは聞いたことがあるけど……まさか実在していたとは。

しかもそのうちの一振りに出会えるとは！

信じられないことの連続で、さっきから鼓動がうるさいくらいだ。

——やばい。楽しい。

おそらく自分より強いだろう相手に、伝説でのみ語られるオリハルコンの名剣。

これにわくわくしないやつはいないだろう。

その剣はどこで手に入れたのか。今までに戦った中で一番強い相手は誰だったか。どんな方法で鍛錬をして、それだけの強さを得るに至ったのか。

ついさっきまでは『やけに気取ったいけすかないやつ』くらいに思っていたのに、俄然《がぜん》興味が湧いてきた。

剣に付いた血糊《ちのり》を払い、何事もなかったかのように鞘《さや》にしまっている男が、いったいどうしてこんなちっぽけな国にやってきたのか。これだけ強くて、その強さに見合った大剣も持ち合わせている男が、何を求めて世界中を旅しているのか。

報酬については気にかける素振りもなかったし、おそらく金ではないんだろうが……気になる。ものすごく気になる。

この小さな国に『幽玄の黒』が求めるようなものがあるのかは知らないけど。その目的もまったく想像つかないけど。

しばらくこの国に滞在するなら、もしかして交渉の余地もあるだろうか。

「あー……ディノ、言いにくいことなら答えなくていいんだけど。この国に来た目的は？」

「特にない。強いて言うなら、手応えのある相手を探してというところか」

「よっしゃ！　それなら、俺とバディにならねえか？」

唐突に切り出した俺の提案への返答は、虚をつかれたようなまばたきが二回。

目の覚めるような金の瞳がひたりと俺に向けられて、負けじとそれを見つめ返す。

何を言い出すんだと思われているんだろうが、言葉を引っ込める気はまったくない。

報酬を分けるのが嫌でずっとソロでやってきたのに、どんなパーティーへの誘いも断り続けてきたのに、軽々しくバディになろうだなんて提案しない。

――でもきっと、これは逃しちゃならない縁だ。

冒険者になって七年。

命を懸けた戦いの中で何度も俺を導いてきた直感が、この縁を掴み取れと叫んでいる。

こいつと組めばソロでは入れない難易度の高い迷宮に挑めるだろうとか、その強さの秘密を知ればもっと強くなれるかもしれないとか、そんな打算ももちろんあるけど。

こいつとなら報酬が山分けになったとしても、ソロより稼げるだろうという予感もあるけど。

そんな計算なんて意味がないくらいに、重大な局面でいつも俺を衝《つ》き動かしてきた直感が、こいつを逃がすなと訴えている。

「突然だな。……断ると言ったら？」

「うーん、そうだな……酒や女に困るようには見えないし、金だけは俺が譲れないから……戦って決める、ってのはどうだ？」

「手合わせか」

「魔法はナシ。身体強化と剣だけで戦って、ディノが負けたら俺とバディを組む。俺が負けたら潔く諦《あきら》める。どうよ？」

負けたらバディを組まなきゃいけないのに、勝っても俺が勧誘を諦めるだけ。ディノにはメリットらしいメリットのない賭《か》けになるけど、果たして乗ってくれるのかどうか。

ほとんど動かない表情を射抜くように見つめていると、ディノの唇が弧を描いた。

「いいだろう」

低く呟いたディノが指を鳴らし、グリフォンを氷漬けにする。

短縮詠唱か、無詠唱か。どちらかはわからないが、呆れるほどに分厚い氷だ。

これは取り出すのも一苦労だろうな、と査定に来るギルド職員にわずかに同情を覚えつつ、ディノと距離を取るために背を向けた。

＊

十歩ほど離れたところで振り返り、予備の剣をすらりと抜く。

それを受けて自身も剣を抜こうとしたディノは、その直前で剣を別のものへと持ち替えた。

オリハルコンの大剣に比べると凄《すご》みに欠ける、ごく普通の大剣だ。丈夫そうではあるし、おそらく名工と呼ばれる人の作なのだろうが、先ほどの剣に比べるとかなり見劣りがする。

それなのに何故？　と視線だけで問いかけると、ディノは軽く肩を竦《すく》めて「あの剣で戦うのは不公平だろう」と語った。

俺の愛剣はグリフォンに刺さったままだから、予備の剣を使おうとしていることに気づいたのか。あるいは、伝説級のオリハルコンの大剣を使うのは公平じゃないと思ったのか。

そのどちらなのかはわからないが、半ば強引に持ちかけた賭けでも、真面目に相手をしてくれる気でいるらしい。

ならばと気持ちを切り替えて、静かに男を観察する。

背に長く垂れる黒髪。面白がっているかのような色を宿して俺を映す金色の瞳。顔の右半分を眼帯で隠してもなお、隠しきれない整った顔立ち。

剣をぶらりと下げて立つ姿は、驚くほどに隙だらけだ。

犯罪グループにカモられそうになっていたときと同じように、少し立ち止まって景色を眺めているだけといった風情で、自然とそこに佇《たたず》んでいる。

――敢えて隙を見せて誘っているのか。

これほど隙だらけでありながら、攻めどころがいまいち掴みきれない。

眼帯をしている右目側が死角だろうが、Sランクまで上り詰めた男が、見え透いた弱点をそのままにしておくとも思えない。死角を狙われた際の対処法は考えているだろうし、うかつに仕掛ければ返り討ちに遭って終わりだろう。たとえ俺にどう攻められようと対処しきる自信があるのだと、無言の姿勢から伝わってくる。

舐《な》めやがって、とは思わない。

さっきのグリフォンとの戦いを見ても、この男の強さは明らかだ。簡単に負けるつもりはないが、楽に勝てる相手じゃないこともわかっている。

だがそれが、それこそが楽しい。

高鳴る鼓動を落ち着かせるためにとんとんとその場で軽く足を鳴らし、ふーと長く息を吐いた。

七割の身体強化をかけて、地面を蹴って跳び上がる。

ディノとの間にある十歩の距離など、ほとんどあってないようなもの。走っても跳んでも一瞬で詰められるその距離を一跳びで越え、ディノの背面すれすれに着地。

それと同時に右目側の下段から剣を斬り上げるが……やはりこいつは一筋縄ではいかない。

眼帯で見えないはずの死角、それも脛《すね》から腰を狙う避《よ》けにくい剣筋を狙ったのに、俺の着地と同時にくるりと半身になったディノは、易々とそれを受け止めてみせた。

——いいねぇ、そう来なくちゃ！

ぎりぎりと鍔迫《つばぜ》り合《あ》いながらにやりと笑うと、ディノも小さく笑みを浮かべた。

たった一合。されど一合。

剣から伝わってくる相手の実力に昂揚《こうよう》感を覚えながら、身体強化を重ねていく。

八割、九割、九割五分、十割。

全力の身体強化をかけてもなおディノの剣のほうが重く、拮抗《きっこう》しているかに見えた剣がじりじりと俺側に傾いていく。

——やっぱ力では敵《かな》わねえか。なら速さはどうだ？

それを確かめるべく足に力を込めたとき、嫌な予感に上体を反らした。

その瞬間鼻先を掠《かす》めていったのは、ディノが放った左の貫手《ぬきて》。鍔迫り合いはそのままに半身をひねるようにして繰り出されたそれは、俺の眉間を狙ったものだったようだ。

お綺麗でお上品な顔に反して、案外泥臭い手も使うらしい。

「これを避けるか」

「危なかったけどな！　今度はこっちから行かせてもらうぜ」

剣を弾《はじ》いて飛びのいて、ディノに向かって剣を投げた。

わずかに金の瞳が見開かれたのは、武器を捨てたことに驚いたからか。それを追いかけるようにして俺が駆け出したことに気がついたからか。

矢のような速度で自分に向かってくる剣を隙のない動きで叩《たた》き落《お》として、ディノが俺へと視線を向ける。

次はどんな攻撃を、どこから仕掛けてくるのか。探るような視線ににっと笑って返しながら、また大地を蹴って跳び上がった。

——またか、って思っただろ？　きっと。

ディノの背面に着地してから、死角である右目を狙う攻撃。最初に披露したそれを思い出しただろうディノが、重心を移動させて剣を構える。

俺がディノの背中側に着地しようとした瞬間に、大剣を振り下ろすつもりの構えだ。

死角を補うために片足を引いて半身になり、俺の軌道を目で追って——それにもう一度にっと笑って、握っていた糸を強く引いた。

Aランク魔獣、隠密蜘蛛《おんみつぐも》が吐き出す透明な糸だ。

ごく細いのに丈夫で切れにくいこの糸には、透明で風景に溶け込んでしまうため、濡《ぬ》れていない限り視認はほぼ不可能という特徴がある。気づかずに絡まってしまうと厄介だが、採取して戦いに利用すると意表が突けてとても便利だ。

罠《わな》のように張り巡らせて相手の動きを止めるのに使ったり、投げた武器を引き寄せたり。もちろん魔獣討伐のときに使うのが常で、まさか人間相手にこの奥の手を使う羽目になるとは思わなかったが……出し惜しみをしていて勝てる相手ではないという判断は、やはり間違いではなかったようだ。

糸に繋《つな》がっていた剣が空中で俺の手の中に戻ってくると同時に、ディノに向かって振り下ろす。

単純な身体強化だけでは押し負けたから、空中から落下する勢いと体重を加えて、押し切ってやろうという作戦だ。

間一髪のところで気がついて剣を受けたディノはさすがだが、慌てて受けたせいで体勢がやや崩れている。いくらディノの力のほうが上だとしても、これなら俺が勝てるはずだ。

俺の勢いに負けてディノの足が後退し、形のいい眉《まゆ》がひそめられる。剣を握る手に血管が浮かび、金色の瞳が輝きを増す。

――これで決まりだと思ったのに、まだ耐えるのか。

俺の得意な速さで攻めるのではなく、敢えてディノが得意としているだろう膂力での勝負で挑みはしたが……崩れた姿勢でもここまで耐えるなんて、いったいどんな怪力なんだ。

五分五分よりはほんの少し、俺に有利だろう拮抗。

だが俺にディノを押し切れるだけの力はないし、これ以上の隠し球はさすがにない。ディノの力のほうが上だとはわかっていたが、まさかここまでの差があるなんて思わなかった。

ここから、どうする？

どうしたらこの男に勝てる？

剣を握る手に力を込めながら、勝ち筋を探して目を細めたとき、ディノの魔力が一瞬にして膨れ上がった。

――な、に……!?

ディノを中心として吹き荒れた風に煽《あお》られて、闇色の髪がさらりと広がる。

その髪色に輝くような金が混じり、金色の瞳もきらめいて――迷宮の中心部よりずっと濃密で芳《ほう》醇《じゅん》な魔力が、俺の全身を包み込む。

これは、この魔力は、人の身に許されるものなのか？

すぐにディノが魔力を引っ込めたからほんの一瞬のことだったが、俺が感じ取れただけでも底知れない魔力量だった。

剣と身体強化だけという条件の手合わせにしたのは、俺が多大な魔力を持ち、魔法の練度が高いという自負があったからこそだったけど――もし魔法ありの戦いを挑んでいたら、それこそまばたきをする間もなく、俺が負けていたんじゃないか……？

「ふは、はは、あはははは、はっ！　やっべぇな、マジ！　いったいどんなバケモンなんだよ！」

「……悪いな、力を込めすぎて少し漏れたようだ。私の反則負けでいい」

「いやー、これで負けって言われても、全然納得はできねーんだけどさ。……それでバディになってくれるってんなら、悪くない気もすんだよなあ」

すっと剣を引いたディノの髪が元の闇色に戻っていくのを眺めつつ、がしがしと髪を掻き乱す。

ディノが負けたら俺とバディを組み、俺が負けたら潔く諦める――直感に従って俺が申し込んだ賭けだったが、この結果は引き分けと言うのが精々だろう。

確かにディノの魔力は漏れたけど、それで攻撃をされたわけではない。濃密で芳醇な魔力には驚いたが、その前から俺は勝ち切ることができなくて膠着状態《こうちゃくじょうたい》に陥っていた。これでディノの反則負けというのは、正直納得がいかないいんだけど……そう考える俺の頭の片隅で、ずるい考えが沸き起こっている。

ディノと戦うのは楽しかったし、やっぱりこの縁を逃したくない。底知れない強さを持つディノの近くで、その強さの秘密を盗みたい。

グリフォンを両断するところを見たときよりも、賭けを持ちかけたときよりも、ずっとこいつを望んでいる。

ずるかろうがなんだろうが、ディノが反則負けでいいと言うなら……俺とバディを組むことを心底嫌だと感じていないのなら、それを利用したいとも思っている。

「――よし、じゃあ、こういうのは？　バディはバディでも、『どちらかが飽きるまで』の期限付き。それが明日でも明後日《あさって》でも一年後でも、相手が飽きたなら文句なしでバディ解消。どうだ？」

「悪くない。が、一つ条件がある」

「待った。先に言っとくけど、取り分のことなら経費を除いてきっかり半々、一鉄貨もまけたりしねえから……って、なんだ？　何笑ってんだ？」

口元を軽く押さえて、俯《うつむ》いて……顔は見えねえけど、これ絶対に笑ってるよな？

肩の線が震えてるし、結構マジで笑ってるよな？

ほとんど表情が動かないし、美しすぎる顔も相まって人形みたいなやつだと思ってたのに、何がそんなにツボだったんだ？

「『金の亡者』と金銭面で交渉しようなどとは思わんさ。条件というのは、ときどきはこうして手合わせをしたいと思ってな」

「あん？　手合わせって、今のようなのか？」

「そうだ。対人戦は久しぶりでな。条件付きとはいえ、誰かに真っ向から挑まれたのも、追い込まれたのも初めてだった。……お遊びかと思いきや、案外昂揚するものだな」

　ふわり。

　そんな幻聴が聞こえるほど艶《あで》やかに笑った美形の男が、金の目を潤ませて頬を染める。

　目に毒なほどの美しさとは、きっとこういう顔のことを言うんだろう。見てしまった者が次々に卒倒しそうな色っぽさだけど……これは、手合わせのことを思い出してするような顔なのか？　ちょっとうっとりしすぎじゃないか？

　手合わせ自体は俺の鍛錬にもなるし、むしろ願ったり叶《かな》ったりだが……もしかして、やべえ戦闘狂とバディになっちまったのか？

　手応えのある相手を探してこの国に来たとも言っていたし、金より何より戦闘のヒリヒリ感を重視するタイプ？　だから今までは手合わせを挑まれずにいたのか？

　……いや、でも、たとえちょっとくらい戦闘狂だったとしても、こんな好条件を逃す理由にはならないしな。

「いい、っつーか、それは俺からも頼みたいくらいだ。ディノほど強ぇやつはなかなかいないし、勉強になる」

「では」

「ああ」

陽光の下できらりと輝く金の瞳を見つめ返すと、ディノが静かに笑みを深めた。

ずっとソロで行くんだろうと思っていたが、縁というのは不思議なものだ。

十五で冒険者になって七年。

一言一句同じ言葉を同時に発して、視線を合わせてにやりと笑う。

「交渉成立、だな」

4

あちこちに跳ねた金色の髪と、晴れた空のような碧《あお》の瞳。

この国に潜ませている諜報員《ちょうほう》が『王子よりよほど王子然としている』と評した整った顔立ちに、均整の取れた身体つき。

二つの満月が照らす夜に披露していた作り笑顔は『金の勇者』の名にふさわしく——その次の瞬間にはまったく異なる印象へと変わった。

——『金の勇者』レンフィールドは、やけにまっすぐ人を見る男だ。

素直に感情を表して、くるくると変わっていく表情。

警戒し、驚き、気まずげに唇を引き結び、怒ったかと思えば挑むような目を向けてきて、ひどく無防備な笑顔を見せる。

そのすべてを新鮮に感じたのはきっと、どれも見慣れないものだったからだろう。

私が今まで目にしてきたのは、畏怖《いふ》や恐怖、心酔や崇拝——別次元の存在に対して向けるような感情ばかりで、対等の存在へと向けるものではなかったから。

本来の立場を離れて『幽玄の黒』と名乗っているときも、それは大して変わらない。

雲の上の存在が山の上くらいに変わったところで、多くの者は近づいたとは思わないのだろう。

なんらかの縁で会話をしても、はるか上を仰ぎ見るような目を向けられるだけ。

己がいかに他者と隔絶した存在なのかを意識させられることばかりで、いつしか自ら他者を避けるようになっていた。

——勝負を挑まれたのは、初めてだ。

それもバディになるか否かを賭けて、全力で勝ちを狙ってくる勝負。

眼帯によってできる死角を狙い、意表を突く動きで油断を誘い、敢えて私の得意とする力勝負に持ち込んで私を打ち負かさんとする——真っ向勝負としか言いようのない熱い勝負など、生まれてこの方経験がない。

昂揚するあまり魔力が漏れ出てしまったのだって、レンとの手合わせが初めてだった。

——そういえば、私の魔力を浴びて笑ったのも、この男が初めてか。

気絶するか、がたがたと震えて失禁するか、恐怖のあまり動けなくなるか……そういった反応が当たり前だと思っていたから、魔力が漏れてしまったときは焦ったのだが。

まさか不意打ちで濃密な魔力を浴びても『いったいどんなバケモンなんだよ！』と笑うだけとは。

化け物と呼ばれたことは数え切れないほどあるが、あんなにも明るく言い放たれたのは初めてで、少しも嫌な気がしない。

むしろあの弾けるような笑顔を思い出すと、化け物と呼ばれるのも悪くないとさえ思えるのだから不思議なものだ。

——この男は、いったいなんなのだろう。

大陸全体でもめずらしい、ソロでのSランク到達者。

そして『金の勇者』あるいは『金の亡者』とも呼ばれる男。

……事前に調べていたから素性などは知っているが、そうした属性では表しきれない何かがある。

実際、出会ってからまだそれほど時間も経《た》っていないというのに、私にたくさんの初めてを与え、強い興味を抱かせている。

そんな不可思議極まりない男は今、両耳のピアスを揺らしながら、バツが悪そうな表情で私のことを見上げてきていた。

「ディノさん、あのー、悪いんだけど、あの氷一回消してくんない？」

「構わんが」

「ありがとマジ助かる！」

そんなに気まずそうにしなくとも、グリフォン二頭を氷漬けにしたとき同様、氷を消すのも容易《たやす》いことだ。

指を鳴らして氷を消すと、軽く口笛を吹いたレンが跳ねるような足取りでグリフォンのほうへと向かっていく。

それを見るともなしに眺めていると、レンが自身の倒したグリフォンに近づき、深々と刺さった剣に手をかけた。

どうやらレンの目的は、愛剣の回収だったらしい。

思いきり剣を引き抜くとすぐに、代わりの剣を傷口に突き刺す。その剣の柄《つか》に飾られた宝石が陽光にきらりと輝いて、意外さに静かにまばたきをした。

——趣味は悪いが、売れればそれなりの値は付くだろうに。

引き抜かれたばかりの愛剣や、手合わせのときに使っていた剣のほうが、値段としては安いんじゃないだろうか。

レンが無造作に地面に置いた鞘は下品なほど金で装飾がなされているし、宝石でごてごてと飾られている。実戦で使うには邪魔な装飾が付きすぎているが、売ってしまえばそれなりの金になるだろう。『金の亡者』と呼ばれ、胸元に金貨を下げているような人一倍金にうるさい男が、それに気づかないはずはないと思うのだが。

「敢えて代わりの剣を置いていくのか？」

「ああ、うん。ちょうどいいから、この機会に返却しちまおうと思って」

「返却？」

「そうそう。『時が来たら、この剣で魔王を打ち倒すのじゃ、金の勇者よ！』なーんて言いながら王様に渡されたんだけど、趣味はわりーしナマクラだし、下賜されたものだから売れねーし、かといって突っ返すこともできねーしで困ってたんだ」

「なるほど。グリフォンを倒した剣ということにして改めて献上するのか」

「正解！　あんな邪魔なモンと引き換えに、最強の魔王を打ち倒せ！　なーんて、全然釣り合ってねえっつーの」

ぶつぶつと愚痴るレンの言葉に耳を傾けながら、眼帯の下にある紅《あか》い右目を密かに細めた。

ここカストリア王国の東にある魔国に攻め入るため、この国は着々と戦争の準備を進めている。

その動きがここ数年でにわかに激しさを増したのは、国王が『金の勇者』の強さを当てにしているからだと調査結果は示していたが……少なくとも本人にその気はないらしい。

密かに戦争の準備が進められていることも知らないのか、それを知った上で暗に意思を伝えるために、下賜された宝剣を突き返すつもりなのか。

……『金の亡者』というあだ名から考えると、もっと良い報酬を得るための駆け引きという可能性もあるだろうか。

「見合う報酬があれば考えるのか？」

「いんや、断るね。ディノにもいまいち勝ち切れないのに、大陸最強に敵うはずないし。ちゃんと長生きしてもっともっと稼がねーと――っと、よし、できた！」

すっくと立ち上がったレンが、血糊を落とした愛剣を鞘に戻し、短縮詠唱で再びグリフォンを凍らせる。

盗難を防止するためなのだろうか、宝石で飾り立てられた鞘も一緒に氷漬けにして、やりたいことは終えたようだ。

ぱんぱんと衣服についた汚れを払い、「待たせたな！」と屈託ない笑顔を向けてくる。

その顔には曇りも翳《かげ》りも一切なく、目を細めたくなるほどまばゆいばかりだが――今レンの目の前にいるのが、まさにその大陸最強の魔王だと知ったら、レンはどんな顔をするのだろうか。

バケモンと言ったときのように驚きながらも笑うのか、他の連中と同じように、畏《おそ》れや崇拝の念を向けてくるのか。

この短い期間では人となりを把握することも難しく、曖昧《あいまい》な頷《うなず》きを返して話を終えた。

＊

王の血統を重んじる人間とは違い、魔族の王は、純粋な戦闘力でのみ選ばれる。

マナが濃く、ほとんど迷宮化した国土では、強くなければ生き残れなかったためだろう。魔族の大半が戦闘を好み、強き者に従うのを是とすることも影響しているのかもしれない。

引退を決めた魔王が開く魔王決定戦で勝ち抜くと魔王への挑戦権が得られ、それにも打ち勝つと血の色をした『虐使の魔眼』とともに魔王の座を引き継ぐのだ。

立法や行政、司法といった組織はもちろんあるが、すべての方向性を決めるのは魔王。

より正確に言うならば、『強い者が正義』という魔族の常識を利用し、最強たる魔王が後ろ盾となることで法律に実効性を持たせている……といったところか。

既存の法律がどうであれ、世界の常識がどうであれ、魔王が黒と言ったら黒。白だと言ったら、たとえ黒でも白になる。

それほどに絶対的な権力を持つ魔王だが、ここ数代の魔王はみな面倒ごとを嫌う性質《たち》だったため、魔国の周辺は長く平和が続いていた。

――歴代の魔王を悩ませ続ける、カストリア王国からの侵攻を除いて。

魔族は総じて戦闘が好きだが、それは手応えのある相手の場合だ。

己と相手の命を懸けて剣《つるぎ》の刃を渡るような戦いをしたいのであって、弱い者いじめをしたいわけではない。雲霞《うんか》の如《ごと》く群がる虫を払うなど、面倒なだけで愉《たの》しくはない。

だからカストリアに攻め込まれるたびに、蝿《はえ》を払うように雑に蹴散らしてきたのだが……それなりに損害を与えているのに、どうして性懲りもなく攻めてくるのか。

カストリアが魔国に勝つ確率など万に一つもないというのに、懲りずに攻め続ければ得られるものがあるとでも思っているんだろうか。

「ヒルデアーノ。状況はどうだ」

「は。依然として変わりなく。食料の備蓄を増やしている形跡もあり、遅くとも数年以内の侵攻を視野に入れているものと思われます」

「どう見ても、備蓄より配給が必要そうだがな」

膝《ひざ》をつき頭を下げたまま動かない側近から目を逸らし、窓の外の景色を眺める。

ヒルデアーノが手配したこの宿は大通り沿いにある高級宿で、景観の良さと室内の豪華な調度が売りだそうだ。

窓から外を眺めればむやみに飾り立てられた王宮がぼうっと夜闇に浮かび上がり、規則正しく並ぶ貴族の邸宅の明かりが星のように地を照らす。

技術の発展した魔国の夜景には及ばないが、下町の惨状などまるで感じさせない美しい景色だ。

光の届かない下町の裏路地で、今この瞬間にも飢えて死ぬ民がいることなど、あそこに住む者たちは気にもしていないに違いない。

――レンが育ったという下町の孤児院が、どんなところなのかは知らないが……。

すえた匂いのする下町にあるのだから、きっと予算が潤沢とは言いがたいだろう。うまく想像できないが、空腹に苦しむ夜も、寒さに震える冬もあったのではないだろうか。

……そうした苦難を乗り越えて、あれだけの強さを得たというのは、生まれ持った才能の一言ではとても片付けられない。

手の皮が剥けるほどに剣を振り、常に魔力を研ぎ澄ませてきた者だけが至る境地に、あの若者は足を踏み入れかけていた。

「ご機嫌でいらっしゃいますね」

「そう見えるか？」

「めずらしく微笑《ほほえ》んでいらっしゃいましたので」

芳しくない報告をもらったばかりで、微笑む理由など何一つない。

なのに私は微笑んでいたのだろうかと、不思議に思いつつ口元を撫でる。

確かにこの国に来てから退屈とは無縁だが、私を神聖視して常に一線を引いているヒルデアーノが自ら話しかけてくるほど、意外な表情をしていたということか。

飛んでいるグリフォンの心臓を正確に貫く剣の腕に、私との模擬戦で見せた目を見張る速さ。くるくると変化する表情や、私に向けられた眩しい笑顔を思い出していただけなのだが。

――昂揚のあまり、危うく羽や角を出してしまうところだったな。

身体強化と剣のみという、互いに最も得意とする魔法を封じた戦いだったが、まさかあそこまで追い込まれるとは思わなかった。

一切の無駄なく華奢《きゃしゃ》な体躯《たいく》を巡っていた、芸術的な身体強化。己の速さと身のこなしを最大限に活《い》かし、足りない膂力は自らの体重をかけることで補ってみせたあの機転。

剣を投げたり、それを糸で手繰り寄せたりという常識外れの行動でもって私の意表を突き、見事な手際で力勝負に持ち込んでみせた。

あのまま続けていたとしても、力負けすることはなかったとは思う。

だが、私を相手にあの状態に持ち込めたというそのこと自体が、レンの強さの証明だった。

――魔王を手玉に取る、か。さすがは勇者と言うべきか。

先代の魔王と戦ったときも、大陸上位の冒険者や魔王軍の精鋭たちと剣を交えたときも、一瞬で決着をつけてきた。

私と一合でも打ち合えた者は、それこそ数えるほどしかいない。

だというのにレンのペースに私を巻き込み、有利な状況を作り上げ、その上で私の得意とする膂力での勝負を挑むとは。

魔王となって久しいし、『幽玄の黒』の名を得てからも随分経つが、あんなにも愉しい戦いは初めてだった。

「たった一戦ですべてを語れるほど浅い相手ではないが……並みの魔族ではまったく相手にならないだろうな」

「あの下民は、それほどの強さでございますか」

「私のバディだ。口を慎め」

「はっ」

苛立《いらだ》ちが声に乗っていたのか。青ざめて頭を下げたヒルデアーノから視線を逸らし、再び思考に沈んでいく。

『幽玄の黒』としてカストリアにやってきた主な目的は、目障りなこの国を潰《つぶ》してしまうことだ。

攻め込んできた人間を蹴散らすのは一瞬でも、ひとたび戦争となれば、周辺国への根回しに賠償金の交渉にと、面倒ごとが大量に発生する。

すべてを部下に丸投げしたくとも国同士の交渉となれば王が出ないわけにもいかず、後始末にかかる時間は年単位。手応えのある相手を探して世界中をうろついていたいのに、戦争が起きればそれもできなくなってしまう。

前回の戦争から三十年足らず。

開戦後すぐに手ずから蹴散らしてやったのに、懲りずに向かってくる羽虫を事前に処分してやろうと思い至ったのは、ごくごく自然な流れだった。

愚かな王が侵攻を考え出したきっかけである『金の勇者』のことは気にかかったが、若くしてSランクまで駆け上がった有望株なら、少しは楽しませてくれるかもしれない。

ここカストリアに潜ませている諜報員からの情報では、その強さに偽りはないようだし、暇つぶしを兼ねて戦ってみるのも一興だろう、と。

そう考えてわざわざこの国にやって来たというのに。

――逆に私が戦いを挑まれ、レンとバディになってしまうとはな。

国を潰すための調査のはずが、随分と意外なところに繋がったものだと思う。

だが少しも嫌だとは思わないし、あの予想のつかない男が次は何を言い出すのかと考えると、浮き立つような心地がする。

まだ出会ったばかりだというのに、自分でも呆れてしまうのだが――あの意志の強い眼差《まなざ》しを。勝ち気な笑みや、気まずいときの情けない表情を。金だけは譲れないと言いながら胸元の金貨をいじったときの、少し寂しげで物憂げな横顔を。

もっと見て、知って、すべてを暴いてやりたいと思う。

「楽しみだな、『金の勇者』」

噛《か》み締《し》めるように呟いて、椅子にもたれて目を閉じた。

明日はバディの申請をしに行き、早速どこかの迷宮に潜ると言っていたか――とレンとの会話を振り返るうち、自然と唇が弧を描いていた。

5

鬱蒼《うっそう》とした暗い森。いやらしくねじくれた太い木々。くるくると回って役に立たない方位磁針に、そこかしこから向けられる殺意。

ほんの少しでも気を抜けば命を落とし、二度と光の下には戻れなくなる。

そんな厳しい大迷宮に、俺たちは足を踏み入れていた。

「前方、アーミーウルフが五匹」

「あいよっ、と！」

ディノの平坦《へいたん》な声音に返事をしながら、目の前のクリムゾンベアの首を落とす。

そのまま身をひねるようにして前方を向き、慌ててその場にさっと伏せた。

間一髪、俺の頭上を通り過ぎていったのはディノの振るった黒の大剣。近くにあった若木ごとアーミーウルフを屠《ほふ》ったディノが、ゆったりとした動きで剣を戻す。

その整った顔立ちをじっとりとした目で睨みつけ、何も言わずに立ち上がった。

ディノとバディになってから、まだそれほど実戦を重ねてはいない。

バディを組んだ翌日に冒険者ギルドにその旨の申請を出し、潜る迷宮を決めて必要なものを買い込んで、あとはひたすら移動に次ぐ移動。身体強化をかけて相当な勢いで飛ばしてきたせいで道中で魔獣に出会うこともなく、連携を確認することもなかった。

これでいきなり息ぴったりの動きができたら、それこそ奇跡のようなものだろう。

俺がディノを攻撃しそうになることだってあるだろうし、ゆっくり慣れていくしかない。

「私の剣を躱すとは、大した反射神経だな」

「……おい、まさかわざとか？　わざとだったのか？」

「向こうに魔獣の気配がする。行こう」

「待てって、ほら」

俺の問いをはぐらかして進もうとしたディノを引き止め、足元にある死体をちょいちょいとつつく。

ホーンボアが四体、クリムゾンベアが一体、アーミーウルフが五体。俺たちがさっき倒した魔獣だが、まだ迷宮の浅い部分だというのに、呆れるほど多い。

さすがこの国最大の迷宮にして、最難関と名高い大迷宮メディエンヌ――と逸れそうになった思考を現在に戻して、クリムゾンベアの胸元を裂いた。

そうして出てきたのは、クリムゾンの由来にもなった真紅の魔石。

俺の拳大《こぶし》ほどもあるその価値は、銀貨五枚ほどといったところか。俺が倒したホーンボア二体は銀貨二枚が相場だから、合わせて銀貨十枚で商人と交渉するといいかもしれない。

「魔石か。それがどうした？」

「どうしたって、自分が倒したやつは自分で剥ぎ取れよ。当たり前だろ」

「この程度の雑魚に討伐証明はいらないはずだが」

「うん？」

討伐証明？　何言ってんだこいつ。

Aランク以上の魔獣討伐の依頼を受けた場合、その魔石を討伐の証明として提出するが、こんな雑魚にはもちろんいらない。

それはわかっているようなのに、なんで不可思議なものを見る目を俺に向けるのか。

……まさかとは思うが、俺よりずっと長く活動しているくせに、今までずっと魔石を剥ぎ取ってこなかったとか、言わないよな……？

時には魔石の売却代金のほうが依頼報酬よりも多くなるくらいなのに、それも知らずに全部捨ててきたなんて、言わないよな……？

「ほう。そんな雑魚の魔石も金になるのか」

「嘘だろ……？　何年冒険者やってんだよ……っておい、なんでそのまま行こうとすんだ。知ったならちゃんと剥ぎ取れよ！」

「面倒だ。欲しいならお前が拾うといい」

「はあ!?」

しれっと言い捨てて背を向けたディノに苛立ちが募り、胸元に下げた金貨をぎゅっと握る。

雑魚の魔石一つだと、せいぜい銀貨数枚の価値だ。銀貨百枚で金貨一枚だから、剥ぎ取る手間を考えると効率のいい稼ぎとはとても言えない。

けど、面倒って。欲しいなら拾えって。

なんだそれ。なんだよそれ。

ふざけんじゃねぇ！

激情に衝き動かされるままディノの前に回り込み、胸ぐらを思いきり引っ掴む。

驚いたように見開かれた、眼帯に隠されていないほうの瞳。金貨みたいな色をしたそれが、今は余計に腹立たしい。

金《かね》は、大事だ。

金がなければ、腹いっぱいに食うこともできない。破れた服を買い換えることもできないし、屋根のあるところで眠ることもできない。

金がなければ、どんなに嫌な思いをしても、地面に這《は》いつくばるようにして金貨を拾わなければならない。

だけど。

「俺は確かに三度の飯より金が好きだが、人に施してもらうほど落ちぶれちゃいねぇ！」

感情が昂《たかぶ》るままに怒鳴りつけると、ディノは虚をつかれたようにまばたきをした。

俺を払いのけることなど容易いだろうに、無抵抗のまま俺を見つめて――長い睫毛に縁取られた金の瞳が、どこか面白がっているような色を宿している気がするのは、気のせいなんだろうか。

俺の怒声に驚いた鳥が羽ばたく音がして、あたりに気まずい沈黙が落ちる。

ディノの言い草にムカついて、金を粗末にする態度にも腹が立って、感情のままに怒鳴ったのに。怒るでも笑うでもなく立っていたディノが、しばらくしてようやく口を開いた。

「なるほど」

——なるほどって、なんだよ……。

怒り返してくるわけでも謝ってくるわけでもなく。ただただ納得したとでも言いたげなそれに毒気を抜かれ、舌打ちをして手を放す。

せっかくバディになったのに、喧嘩したいわけじゃない。怒鳴り返されたかったわけじゃないし、謝らせようなんて思ってもいない。

ただ『金の亡者』なんて言われている俺にも、譲れない一線はあるんだと伝えたかっただけで……いや、それも違うのか。

俺は、俺にとっては価値のあるものを、拾えと言われたのが嫌だったんだ。

もう俺は無力なガキじゃないし、金にだって困っちゃいない。冒険者として成功して、金貨だってたくさん稼げる。それなのに、たった一枚の金貨にもならない魔石なんかを、施されるのが嫌だったんだ。

……たぶんディノには施しなんて気持ちはなくて、本当に面倒だと思っただけだろうに。

——八つ当たりなんて、サイテーだ……。

それも、十年以上前のことを無意識に重ねて、何も知らないディノに怒鳴るなんて。

ディノが倒した魔獣をどうしようとディノの勝手なのに……謝らなきゃいけないのは、ディノじゃなくて俺のほうだ。

胸元の金貨を縋《すが》るように握りしめて、唇を噛んで下を向く。

謝らなきゃとは思うのに、揺れた感情が落ち着いてくれない。

悔しくて、悲しくて、腹が立って——なのに何もできなくて。たった一枚の金貨を前に、自分を曲げて跪《ひざまず》いたガキの頃。痛いほど味わった無力感が、手足の先を冷やしていく。

それに耐えるために立ちすくんでいた俺の視界で、アーミーウルフの背中が裂けた。

魔力の流れから察するに、ディノが無詠唱で魔法を使ったらしい。

属性は風だろうか。空中から振り下ろされた見えない刃《やいば》が魔獣の皮と肉を裂き、そのまま竜巻へと形を変える。

……目を疑うような魔法の精度だ。

手のひらに乗るくらいの極小の竜巻が魔獣たちの体内から魔石だけを取り出して、それをディノのもとへと運んでいく。

ここまで細かな動きを寸分のズレなく行うためには、どれだけ繊細に魔力を動かす必要があるのか。

魔法としては初級のもので、使う魔力の量も大したことないのに……この目で見てもとても信じられないような練度の高さに、反省も忘れて思わず見入る。

が、さらに信じられないことに、ディノはそれを複数の魔獣に同時にやってのけていたらしい。

一瞬ののちに、ディノの手に集まった魔石の山が、無造作に俺に差し出されていた。

「生憎《あいにく》と、私は飯よりも金よりも戦いが好きでな。これに興味を持ったこともないし、どこに売ればいいのかも知らない」

「だからって」

「だから、仲介を頼めるか」

「……」

「手数料は五割やる」

「仕方ねえな」

思わず反射で返してから、しまったと鼻に皺を寄せた。

どう言い繕っても結局施しなんじゃないかと気が引けていたのに、仲介で手数料だと言われたからつい……。

だって五割だ。

魔獣の種類ごとに魔石を分けて、冒険者ギルドや高値で買ってくれる店に持ち込み、値段交渉をするだけで五割。

割りがいいにもほどがある。

「よろしく頼む、バディ殿」

くすりと笑ったディノに魔石を差し出され、しぶしぶながら受け取った。

なんか丸め込まれたような気がするし、謝るタイミングも逃してしまった。

だけど当の本人はまったく気にしていないどころか、めずらしく笑うくらいにはご機嫌だ。

飯よりも金よりも好きだという戦いに向かうため、早速気配探知を始めている。

……施してもらうほど落ちぶれちゃいねぇ、なんて啖呵《たんか》を切っておいてなんだけど、これはあくまで仲介の仕事ってことで、いい……ん、だよな？

仕分けして売るだけで手数料五割はもらいすぎな気もするけど、俺の儲けがあまりに多いようなら、手数料を多少割引してやればいい……よな？

逡巡しながらも魔石を分けて鞄にしまい、先を進むディノの背を追う。

恵まれた体格をしているのは知っていたのに、その背はやけに大きく見えた。

＊

魔獣は、濃厚なマナによって変質した獣だと言われている。

脈打つ心臓のそばに魔石ができ、環境に適応するように角や羽や牙《きば》が生え、異形となった生き物たち。本当かどうかは知らないが、マナの濃い魔国に住む魔族たちも、はるか昔は人間だったという話もあるくらいだ。

世界中を血液のように巡るマナは、人々の魔力の源でもあり、生活には欠かせない大事なものだが……多すぎるマナは災いをもたらす。

マナが溜まれば魔獣が増え、その濃度が濃くなるほどに魔獣は手強《てごわ》くなっていく。

マナ溜まりの中では磁場が狂い、ときには空間さえも捻《ねじ》れに捻れて、迷宮と化して人を惑わす。

そうしてできた広く深い迷宮の探索は、まさしく命懸けだけど、信じられないようなお宝に出会える可能性もある冒険だった。

「ほとんど森に呑まれているが、あちこちに人工物が見受けられるな」

「すげぇ、よくわかるな。過去の冒険者の記録によると、このあたりがメディエンヌっていう街だったらしいぜ」

「街が迷宮に呑まれたのか」

「この国じゃめずらしくもないけどな」

マナ溜まりができてしまったら、早期発見、早期対処が原則だ。

マナが溜まれば溜まるほど、その濃度が濃くなれば濃くなるほど、魔獣は大きく強くなり、迷宮は広く深くなっていく。逆に早くたくさんの魔獣を倒して、溜まりかけたマナを散らしてしまえば、マナ溜まりが迷宮化する前に対処できる。

だから周辺の大国は、精強な騎士団に全国を巡らせ、マナ溜まりを早期に見つけては魔獣を倒してマナを散らしているらしい。

それに比べてこの国は……騎士団はボンクラ貴族の次男以下の受け皿でしかないと言えば、この惨状が伝わるだろうか。

巡回は危険だからしないし、魔獣と戦うなどもってのほか。そうした泥くさい業務は平民からなる兵士たちが行えばいいと命令するだけで、満足な装備も与えない。

その結果マナ溜まりが迷宮となってしまっても、高位の冒険者でなければ対処できないほどに魔獣が強くなってしまっても、まったくもってお構いなしだ。

先日のグリフォン討伐がいい例だろう。

本来ならグリフォンの生息地はもっと山奥で、人の生活圏とは交わらない。なのにあんなにも人里の近くまで降りて来たのは、あのあたりのマナがかなり濃くなっていたせいだ。

騎士たちが本来の役目を果たして、真面目にマナを散らしていれば、グリフォンは山から降りて来なかったかもしれない。

他の魔獣の被害ももっとずっと少なく済んで、その分多くの食料を作れたかもしれない。

……だというのに、現実では騎士は働かず、兵士たちは力が及ばず、被害が出てから俺たち冒険者が対処するだけ。

俺がぼやいても仕方がないことだけど、ボンクラ騎士団のせいで被害に遭うのは民たちだからやり切れない。

「ディノの国はどんなふうに魔獣対策してんだ？　やっぱ騎士団が巡回すんの？」

「いや……街や街道には魔獣避けが施されていて、定期で巡回する組織はない代わりに、国民全員がこまめに魔獣を倒しているな」

「全員が？」

「幼児期の代表的な遊びが、三ツ目兎《うさぎ》の狩りだからな」

「マジかよ……」

三ツ目兎はEランク相当の弱い魔獣だけど、この国では冒険者になる十五歳までは、まず出会うことはない。

兎とはいえ魔獣は魔獣。魔獣化していない狼《おおかみ》くらいの強さはあるし、弱いけれど魔法も使う。子どもが出くわしたらあっという間に殺されてしまうだろう。

それを幼児期から遊びとして狩るなんて、いったいどんな戦闘民族なんだ。

まさかみんなディノみたいに『飯より金より戦いが好き』なんだろうか。

冗談混じりでそう尋ねると、ディノはなんでもないことのように頷いた。

「まあそんなところだ。というわけで、今日もいいか？」

「うぇぇ、またすんの？　こんなに魔獣と戦ってんのに、まだまだ戦い足りねえの？」

「雑魚ばかりだからな」

「Bランク魔獣も雑魚かあ……」

大迷宮メディエンヌに潜ってもう六日、既に前人未到の奥地まで進んできたが、ディノには物足りないらしい。

半端な戦いで昂るのかなんなのか、ここんところは毎日戦いを挑まれている。

バディとなる条件は『ときどき手合わせ』だったはずなんだが、ほぼ毎日でもときどきのうちなんだろうか？

そう思いつつも立ち上がり、軽く跳んで手首を回す。耳元でしゃらしゃらとピアスが揺れるのを感じながら、首から下げた金貨を服の中にしっかりとしまって、ディノに頷いて合図をした。

ディノほどの戦闘狂ではないけれど、俺だって戦うのは嫌いじゃない。

しかもただの戦いじゃなくて、格上の冒険者との戦いだ。

剣で打ち込めば三倍の力で跳ね返され、半端な魔法は同じ魔法で相殺される。攻めても攻めても攻めきれず、向こうの攻めには耐え切れない。

そんなギリギリの手合わせをディノと繰り返すたびに、自分が研ぎ澄まされていく感じがする。

俺はもっと、強くなれる。

そしていつか、『たった金貨一枚程度』と、堂々と言い切れる日がやってくる。

その確信ににっと笑うと、ディノも嬉《うれ》しそうに口元を緩めた。

大輪の薔薇《ばら》が花開いたような、とろけそうな笑顔だった。

6

磁場が狂い空間が捻れた迷宮では、自らの感覚を頼りに進むしかない。

太陽の位置などは当てにならないから、参考にするのは肌に感じるマナの濃さと、強い魔獣たちの気配だ。

迷宮の中心に近づけば近づくほどマナは濃くなり、魔獣たちは強くなる。

そしてその魔獣たちの頂点に立つ魔獣——冒険者が迷宮の王と呼んでいる魔獣を倒すと、周辺のマナが一気に薄れるのだ。

マナ溜まりが魔獣を生み出し、そのうち最も強い魔獣が、やがて王として迷宮を守るようになる。誰が決めたのかは知らないが、うまくできた仕組みだと思う。

——近い感じはするんだけどなあ。

よりマナが濃く、より強い魔獣がいるほうが、迷宮の中心部に近い。

そのため感覚に従って奥へ奥へと進んできたが、昨日までは呆れるほどいた魔獣たちが、このあたりにはまったくいない。

多いときは五十四近い魔獣と連戦になって、全身血みどろになっていたのに、ここまで何もないのは明らかにおかしい。

中心が近いことを示すように、濃厚なマナはむせ返るほどだし、強い魔獣の気配も感じる。

おそらくこれが迷宮の王で、俺たちは王の領域にいるんだと思うけど……五百年前にできて以来、誰一人として踏破できなかった大迷宮は、伊達じゃないということか。

これほどに気配を感じるのに、王のもとにたどり着く方法がわからない。

木々に印をつけながら進んでも、いやらしく捻れた空間では役に立たず、何度も同じところを行き来しているとわかるだけだ。

いっそ向こうから襲ってきてくれれば楽なのに、敵は俺たちを惑わせて戦いを避けるつもりらしい。

その手を食うか！　……と言いたいところだが、持ってきた食料のことを考えると、このあたりの探索をできるのはあと数日。ディノのおかげで体力的にも精神的にも余裕を持って進めているが、引き際を見誤るのは良くないだろう。

進むか、戻るか。

悩みながら一歩足を踏み出したとき、視界の端に金色を捉《とら》えた。

「あ？」

「どうした」

唐突に立ち止まった俺に声をかけてきたディノはそのままに、腰を落として地面を見つめる。

地に落ちた貨幣、特に金貨を見つける能力については、他に並ぶ者はいないと自負している。なんだかあまり自慢できる特技じゃないような気もするが、今回はそれが役に立ったらしい。

土と葉っぱに埋もれかけていて端っこしか見えていないが、間違いなく貨幣。それもおそらく金貨だろうものが木の根のあたりに見えている。

風魔法を使って葉っぱを飛ばし、近づいてそれを拾い上げると、薄汚れたそれは金色に光った。

かなり古ぼけてはいるが、確認できた彫り込みは、この国のそれよりずっと精緻《せいち》だ。サイズも一回り大きくて、各国の金貨の価値が統一される前のものだとわかる。

「金貨だ。見たことないし、古ぼけちゃいるが……メイシャン帝国のものらしい」

「確かに私も見たことがない金貨だな」

ディノが金貨を眺めているうちに注意深くあたりを見渡し、他にも落ちていないかを探す。

緑が爆発したような様相の森。魔獣たちさえ息をひそめ、人の立ち入りを冷たく拒むこの森に、どうして金貨が落ちているのか。かつて街だった場所からは随分離れているはずだし、ここは昔からカストリア王国の領地。メイシャン帝国の金貨が落ちているのは不自然だろう。

捻れた木の根に守られて、完全には土に埋もれずにいたようだが、金貨の統一前なら二百年以上はここにあったはず。

その頃は既に大迷宮となっていたはずのこの地に、この金貨が落ちている理由は、たぶん――。

口の中でぶつぶつと詠唱を行い、ごく弱い風を巻き起こす。

地面すれすれ、ふっかりと積もった葉を軽く散らしてから、次に使うのは土魔法。敵の足元を脆くするときによく使う魔法の応用で、土を脆くしつつ隆起させる。

すると予想通りと言うべきか、数歩先にもう一枚金貨が落ちていた。

くすんでいてかなりわかりにくいが、さらに先にももう一枚。袋からこぼれ落ちたかのように点々と、かなりの距離を空けながら奥へと続いているらしい。

「……金のこととなると、大した嗅覚《きゅうかく》だな」

「へへ、すげえだろ」

「褒めたわけではないが……これは当たりかもしれないな」

身を屈《かが》めて金貨を覗《のぞ》き込んでいたディノの瞳が、戦いの予感にきらりと輝く。

磨いた金貨と同じ金色ににっと笑い返しながら、差し出されたディノの手を掴んで立ち上がった。

迷宮の最深部に落ちていた金貨。それも、落ちている間隔が人とは考えられないほどに空いているとくれば、落としたのはここに棲《す》まう者――迷宮の王と考えるのが妥当だ。

金貨に限らず、光り物を好んで集める魔獣といえば、財宝の番人とも言われるアレしか思いつかないが。

金貨を拾いながら向かった先に待っていたのは、山の中腹に開いた巨大な洞穴と、それを守るように立つ白銀の巨体。

鱗《うろこ》に覆われた長い首をゆらりともたげ、耳をつんざくような咆哮《ほうこう》を放った迷宮の王の正体は——歴戦の風格を漂わせる古竜。

凄《すさ》まじい存在感に全身がびりびりと震えるのを感じながら、ディノと二人獰猛《どうもう》に笑った。

＊

ディノと並んで走りながら、視線を絡めて頷き合う。

まず狙うべきは、翼。

飛んで逃げられるのを避ける意味でも、こちらに不利な空中戦を防ぐ意味でも、最初に潰しておきたいところだ。

俺は左から、ディノは右から。

魔獣との戦いを重ねるうちに自然と決まった役割に従い、左側へと回り込む。

その間にディノが水魔法を使ったのは、俺が雷を使うと予想してのことだろう。

水に濡れた竜の巨躯《きょく》に跳ねるようにして近づきながら、緩む口元のまま剣を抜いた。

ディノの大剣とは違って、俺の愛剣はごく普通の鋼鉄製だ。

良い職人が作ったものだし斬れ味もいいが、頑強な竜の翼を落とせるかというと疑問が残る。

ならば足りない分は魔法で補うしかないだろう——そう判断して、雷魔法を併せて使うつもりだったが、ディノには読まれていたらしい。

礼の代わりに竜の足元を脆くさせ、バランスを崩した巨体をさらに土で固めてやる。

これでしっかりと狙いを定められるだろう？　とディノにちらりと視線を向けると、破顔したディノと目が合った。

——目に毒なほどの笑顔だなぁ、おい。

いつもの人形めいた無表情はどこへやら。

俺との手合わせのときと同じ、楽しくて楽しくて仕方ないといった表情で、ディノが大剣を振りかぶる。

俺もきっとあんなふうに、子どもみたいに笑っているんだろう。

両手で構えた愛剣に雷魔法を纏わせながら、竜の翼の付け根を狙った。

「かっ、てぇ、なあああああ！」

竜の鱗は硬いと聞いていたが、これは想像以上の硬さだ。

ガキンと感じた手応えは、ディノと鍔迫り合いをしたときとよく似ている。つまりオリハルコン級の硬さなのか。

叫びながら力を込めてなんとかへし折ることはできたが、剣からも嫌な音がした。

——このタイミングで剣が折れるか!?

グリフォンを貫き、迷宮で大量に魔獣たちを斬り捨ててきたから寿命なのかもしれないが。

Sランクに上がったときから使い倒しているから、むしろ長くもったほうなのかもしれないが。

敢えて言おう。

なんで今だよ！

両翼を失って暴れる竜の背から飛び降りて、折れて短くなった剣を構える。短剣よりややマシなくらいの長さしかなく、竜の攻撃を受けることはできないだろうが、予備の剣は荷物の中だ。取り出すほどの時間はない。

それでもどうにかして初撃を躱しさえすれば、竜の目を貫くくらいならできるだろうか。

予備の剣に持ち替えるため、魔法を使って時間を稼ぐか？

……いや、さっき翼を攻撃したときも、頑強な鱗に覆われた部分にはほとんどダメージが通っていなかった。

鱗自体に魔法耐性があるのか、硬すぎて生半可な魔法では傷を負わないのかはわからないけど、短縮詠唱では効かないと見ていいだろう。

なんとも光栄なことに、竜の怒りはディノじゃなくて俺に向いたらしく、悠長に詠唱する隙もなさそうだ。

血走った巨大な目が俺を見据え、牙が並ぶ口元からブレスらしきものが漏れ出ている。

竜が繰り出す攻撃を見切るべく目を眇めたとき、低い声が俺を呼んだ。

「レン」

「は……？　っ、ディノ、おまっ、これっ……！」

「使え」

使えったって、これ、お前の大剣じゃねえか……！

投げて寄越《よこ》された大剣を手に叫び返そうとするが、俺に向かって竜の爪が振り下ろされた。

ディノより弱そうだと思われたのか、髪がキラキラしてるから気になったのか。後者であってほしいけどな！　と余計なことを考えながら、迫り来る爪を大剣で受ける。

体重の乗った重い攻撃に、使い慣れないディノの大剣。多少の傷は覚悟していたが、悲鳴を上げたのは竜のほうだった。

硬い爪を受け流して、比較的刃が通りやすそうな指の間をカウンターで狙ったんだが……まさか指ごと斬り落としてしまうとは。さっきも翼を一刀のもとに斬り捨てていたし、すごい剣だとは思っていたけど。

オリハルコンの斬れ味、やべえ。

こんな伝説級の剣を簡単に投げて寄越しやがって、とディノを見ると、金色の瞳がいたずらっぽくきらめいた。

その唇が細かく動いているのは、めずらしく詠唱をしているからか。ディノの魔力が膨れ上がり、渦を巻くような幻覚が見える。

艶《つや》やかな黒髪に金色が混じり、陽光を反射して舞い踊っている。

その肌がぴりぴりするような威圧感に気圧《けお》されながら、敢えて強気な笑みを浮かべた。

——やっべぇのとバディになっちまったなあ。

剣だけでも反則的に強いのに、ディノが最も得意とするのは魔法なんだから恐ろしい。

足が竦みそうになるほどの化け物じみた魔力量に、神がかって際立つ魔法制御。そして俺なんかでは及びもつかない、魔法に対しての深い知識。

『魔力があって制御ができれば、魔法に不可能などないと思っていい』なんてディノは嘯いていたが──いつも無詠唱で易々と魔法を使うディノが、長い詠唱を行っている。

大気が悲鳴を上げるほどの魔力を丹念に練り上げて、ディノが魔法を紡いでいく。迷宮中のマナが呼応するように渦巻いて、ディノの黒衣の裾《すそ》を揺らす。

それに思わず見惚れそうになりながら、詠唱するディノを守るために前に立った。

目の前には、両翼を落とされ、指を斬られて怒り狂う白銀の竜。

背後にはえぐい魔法を唱えているらしい、頼もしすぎる俺のバディ。

ならば俺のすべきことは、ディノを竜から守りつつ、ディノが魔法を放つ瞬間、竜を動けなくすることだろう。

強く地面を蹴って竜に近づき、左足首に斬りつける。

使い慣れない大剣なのに、手に吸い付いてくるかのようだ。

軽く斬るだけのつもりが足首から先を斬り落としてしまい、斬り上げるようにして胴体を狙う。

硬い鱗を斬り裂いて、鋼のような筋肉へ。だが竜が爪で俺を引き裂こうとしていることに気がついて、咄嗟《とっさ》に腹を蹴って距離を取った。

くるりと後転して着地した先は、ちょうど竜の真正面。足を斬り落とした敵を殺し損ね、耳をつんざくような咆哮を上げた竜は、おそらくブレスを吐くつもりなのだろう。

その口の端からちろちろと炎が漏れ出しているのを見つめながら、もう一度竜の足元へと向かう。

狙うはまだ傷ついていないもう一方の足。

向かってくる竜の爪を剣で受け流し、ときに前転して躱しながら、巨体の下に潜り込み――ディノの魔力の高まりを背後に感じつつ足の甲に深々と大剣を突き立て、竜を地面に縫いつけた。

あとは邪魔にならないように退避するだけだ。

全力の身体強化をかけて痛みに悶《もだ》える竜から距離を取り、ディノと竜が見える位置で振り返る。

迷宮全体を震わせるような竜の咆哮と対照的な、静かすぎるディノの詠唱。だが空気が重くなるほどの魔力がディノの内から放たれていて、背筋がぞくりと粟立《あわだ》った。

陽《ひ》を知らないような白い頬を紅潮させて、ディノが艶やかな笑みを浮かべる。

何日も迷宮に潜っていても、少しも汚れない闇色の服。良質な生地で作られたそれが荒れ狂う風にはためいて、魔族の翼のように見える。

美しすぎて、毒々しい。

妖艶《ようえん》すぎて、あどけない。

見る者すべてを堕《お》とすかのような妖しい笑みを湛《たた》えたまま、ディノが魔法を発動させた。

――複合魔法、なのか……？

魔法使いじゃないから専門的なことはわからないが、これがやばい魔法だということはわかる。

一言で言い表すなら、具現化した死とでも言おうか。

大きさは俺の拳ほど。竜の巨体と比べるとあまりに小さいが、あれは暴力を極限まで圧縮したようなものなのだろう。

竜目掛けて飛んでいく闇色の熱球の周りに、青い稲妻が走っている。ばちばちと剣呑《けんのん》な音を立てるそれに触れたら、たとえ竜とて無事では済まない。

だが、翼も足も封じられた竜には、もはや逃げることは叶わなくて。

竜の首に着弾した熱球が、爆《は》ぜるように光を放つ。硬いはずの鱗も骨もどろどろに溶かし、引きちぎるように焼き切って——最期の咆哮さえ上げられないままに、白銀の竜は息絶えた。

さっきまで力を尽くして戦っていた相手なのに、ちょっといたたまれなさを感じてしまうような死に様だった。

「……せめて安らかに、眠ってくれよな」

骸と化した竜に軽く祈りを捧げ、それを成した男に向き直る。

竜も倒したし、いつもの無表情に戻っているかと思いきや、まだ興奮が冷めていないらしい。

金色の瞳を妖しく輝かせたまま、美しすぎる微笑みを浮かべて近づいてくる。

赤く色づく白磁の頬。金色が混ざったままの長い黒髪。血のような赤い唇と、八重歯の白の対比が眩しい。

——っ、でも、なんか、やべぇ気がする!?

その直感に従って慌てて逃げようとしたけれど、判断が少し遅かった。

ディノのでかい手が俺の肩をがっちりと掴み、整いすぎた顔が近づいてくる。

顔の半分を隠す眼帯。ふっさりとした長い睫毛に縁取られた、瞳孔《どうこう》が拡《ひろ》がった金の瞳。

わずかに開けられた薄い唇から漏れる色っぽい吐息が、俺の唇を震わせて――キスされる、ときつく目を閉じた次の瞬間、熱を感じたのは頬だった。

「…………は……？　なに、してんの……？」

「頬擦りだが」

「いや頬擦りって！　なんでだよ!?」

「迷宮の王を倒したら、こうして喜びを分かち合うんだろう？」

「初耳だけど!?」

なんだよその変な風習！　聞いたことねえよ！

……とディノに根掘り葉掘り聞いたところによると、とある迷宮で、全滅しそうなパーティーを見かねたディノが助けてやったときに、こうして喜び合っていたらしい。

男女の別なく、パーティー全員がひっしと抱き合ってこうしていたから、迷宮の王を倒したらそうするのだと思ったらしいが……それはたぶん、ギリギリで命が助かったことへの喜びとかだろ。

今日みたいに普通に戦って危なげなく勝ったなら、軽くハグするくらいだろ、きっと。

バディ組むのなんて初めてだから知らねーけど、こんなにぎゅうぎゅう抱き締めねぇだろ!?

「……で、いつまでそうしてんだよ」

「見た目以上に肉が薄いな。だが抱き心地は悪くない」

「筋肉つかねー体質なんだよ！　ってか抱き心地の良し悪《あ》しとか聞いてねえから！」

どうせ俺は男にしては身体が薄いよ！　身体強化頼りだよ！　ディノみたいに脱いでもすげえ身体はしてねえよ！　とふてくされながら、嫌味なほどに分厚い胸板をぐいぐい押すが、悔しいことにびくともしない。

むしろ拘束はきつくなるばかりで、ディノの体温が伝わってくるし、指先でピアスをいじられて落ち着かねえし……いい加減苦しいからさっさと離れてくれねえかな!?

捨てるところがないというほど価値のある竜を厳重に凍結保存したいし、奥の洞窟《どうくつ》に溜め込んでいるだろう財宝を早く確認したいし、今晩の拠点も決めたいんだけど!?

半ば叫ぶようにそう伝えても、上機嫌なディノはどこ吹く風。

痺れを切らした俺が思いきりディノの足を踏み抜くまで、ディノは俺を放さなかった。

7

それなりに長く迷宮に潜った後は、王都がいつもより賑やかに感じる。

『金の勇者』として耳目を集めるのは慣れているが、いつもより注目を浴びている気がするのは、隣にディノがいるからだろうか。

外套をすっぽりと被って顔を隠していても、その存在感まで消せるわけじゃない。俺より頭一つは大きい黒ずくめの男が歩いていたら、そりゃびっくりするし固まりもする。

けどそのおかげか、注目は浴びても話しかけられたり囲まれたりすることはなく、俺たちは無事にギルドにたどり着いていた。

「おうおう英雄のご両人。やけに遅いお帰りだが、今までどこで何してた？」

「あ？　どこで何をって、迷宮で荒稼ぎだけど？」

「新たな剣の試し斬りもだろう？」

ギルドに着くなり連れ込まれたギルド長室で、ディノと顔を見合わせる。

大迷宮メディエンヌの王だった白銀の竜を倒してから、今日で……何日になるんだっけ？

洞窟を調べたら凄まじい量の金銀財宝が眠っていて、なんとそこにはオリハルコンの長剣もあって。

バディとして得られた稼ぎはきっかり半々との約束だったけど、他の財宝は全部やるから、この剣だけは俺に譲ってくれないか——とディノに頼み込んだのが、竜を倒した次の日か。

「私には既にこの剣があるから、その剣は好きにしたらいい。他の財宝についても任せる」

「オリハルコンの剣なんて値を付けるのも難しいってのに、それじゃ半々にならねーだろ！　あの竜だって、俺一人じゃ倒せなかったかもしれないのに」

「もし私一人だったら、竜と戦うこともできずに迷宮に惑わされていただろうな。……どうしても気になるなら、また次の迷宮に案内してくれればいい」

「そりゃ次に潜る迷宮は考えてるけど……それじゃ対価にならねぇだろ」

「なら、本気の手合わせ三回でどうだ」

……と、そのときのやり取りがこんな感じだ。さすがに三回じゃ釣り合わないと俺が言って、なんでもありの手合わせ五回で交渉は成立した。

剣以外の財宝については、ディノが譲らなくてきっかり半々。

ディノとの手合わせは新しい剣に慣れるために最高に役立ったし、半々にしても国家予算に匹敵しそうなくらいの財貨を得たし、俺に有利すぎてちょっと心配になるくらいだ。

狩った魔獣の素材や魔石に、ディノと俺の二人がかりでガッチガチに凍結しといた竜がまるごと。竜の洞窟で得た財宝に加えて、ギルドからもらえる大迷宮の踏破報酬。

具体的な精算はまだこれからだけど、金貨一枚が端数とされるような天文学的な数字であることは間違いない。

『いつかうなるほど金を稼いで、たった金貨一枚だと言い切ってやる』

一生をかけて叶えるつもりだったそんな目標が、ディノと一回迷宮に潜っただけで叶ってしまった。

「そりゃ、強ぇ魔獣を減らしてくれるのはありがたいけどよ……お貴族様たちの対応に追われるこっちの身にもなってくれよ……」

「うん？　貴族になんの関係があんの？」

「解放された領域の件か」

黒々としたクマを目立たせながらぼやくギルド長と、すぐに理由がわかったらしいディノを見つつ首を傾げる。

解放された領域ってのは、大迷宮メディエンヌがあった場所のことだよな。

迷宮の王を倒すと溜まっていたマナが急速に薄れて、捻れていた空間が元に戻るし、マナがなくては生きていけない魔獣たちは弱体化する。

つまり手入れをすれば人間が暮らしていける場所になるわけだけど……解放された領域は、元々そこを持っていた人のものになるんじゃなかったか？

ソロでも潜れる若い迷宮はそこそこ踏破したことがあるけど、そのときは何も問題になってなかったはずなのに。

「そうだ。大迷宮メディエンヌは元は王領だったんだが、レン坊がガキの頃に騎士団が踏破しようとしたことがあってな……」

「迷宮に騎士団？　一気に大人数が入ると魔獣が荒れるとかで、人数が制限されてなかったっけ？」

「ああ。だが当時のギルド長が王に押し切られて許可を出してな——結果として騎士団は浅いところまでしか潜れなかったのに甚大な被害を受け、国王は大迷宮メディエンヌの踏破は不可能だと結論づけた。問題はここからだ」

溜めを作って立ち上がったギルド長が、壁際にある地図に向かう。

……あ、前のやつの横に、新しいのも貼られたのか。

二枚を見比べると明らかに朱塗りの部分が少ないのは、俺たちが大迷宮を踏破したからか。

王都から南方、メイシャン帝国へと繋がるかつての大街道を飲み込んで広がっていた迷宮が消えて、随分とすっきりした地図になっている。

「踏破のできない迷宮なんぞ、湧き出す魔獣の対策に金を食われ続ける不良債権でしかない。かつては都に次ぐと言われた大都市だろうが、メイシャン帝国に繋がる大街道だろうが、邪魔だと思ったらしくてな。……国王はそれを、嫌がらせとして下賜することにしたらしい」

「嫌がらせって……」

「相手はカールソン辺境伯。──娼婦《しょうふ》に産ませた第二王子を保護したお方と言えばわかるか？」

「ああ、アーサーんとこの爺《じい》さんか」

血筋上は第二王子でも、母親は娼婦で継承権も与えられていない。そのため生まれてすぐ殺されそうになっていたアーサーを養子にして保護したのが、貧乏だがまともな老辺境伯だったというのは聞いたことがある。

下町の孤児院にまでふらりと現れるような変わった人だから挨拶《あいさつ》したことがあるが、細身なのに鷹《たか》のように鋭い目をした、かくしゃくとした爺さんだった。

──その爺さんの領地が増えたなら、俺としちゃあ嬉しいけど。

辺境伯領で一番貧乏なのは辺境伯だっていう笑い話が、酒場に流れてくるくらいだ。庶民を食い物にすることしか考えていない王様とは、きっと比べるのも失礼だろう。

王様がメディエンヌの踏破をしようとしてたってのは初めて聞いたけど、もう踏破は諦めて下賜したって話だし。四年前には『この剣で魔王を打ち倒すのじゃ、金の勇者よ！』なんておとぎ話みたいなセリフで、魔国への野心を示してたし。

お膝元の王都でも飢えている民がうじゃうじゃいるのに放っておくような王様が、五百年も迷宮だった土地をうまく使ってくれるとも思えない。

その点あの鷹みたいな目をした爺さんなら、上手にやってくれるだろう。

そもそも嫌がらせを企んだのは自分なんだし、もう俺たちが踏破しちゃったわけだし、いっそ存分に悔しがってほしいね。

「なんとなく状況はわかったけど、なんでギルド長が対応に追われんの？」

「……国王派の貴族が踏破の真偽を確かめに来たり、『迷宮から出た財宝の一部を国に納めさせるよう説得せよ！』と言ってきたりだな……念のため聞くが、何か献上する予定は」

「ねぇよ？」

「ないな」

「息の合ったバディだなぁ……」

冒険者が納める税金は、ランクに応じた一定額。Sランクだからちゃんとそれなりの金額を納めているし、無駄な贅沢《ぜいたく》に使われることがわかっているのに、余分に国に上納なんてしない。

庶民や孤児が飢えないための支援はしたいと思ってるけど、そっちについては当てがあるしな。

「当然お前たちのものだから止めはしないが、今回のことで目を付けられたかもしれないことは覚えておけ。それから『幽玄の黒』の宿泊先だがな。貴族たちに押しかけられたくなければ、しばらくは貴族街には近寄らないほうがいい」

「あ、ならうちに来るか？　孤児院だからうるせーけど、まだ部屋空いてたはずだし。拠点として確保しとけば、王都に来るたびにいちいち宿を探さなくて済むだろ？」

「それもそうだな」

「あそこなら貴族どもは寄り付かないだろう。じゃあ次に金の話だが、財宝やら素材は後で鑑定に出してもらうとして、まずは踏破報酬だ。未踏破の期間が五百十二年。その間ギルドから金貨二枚、国から金貨一枚が毎年報酬として積み増しされて、合計で金貨千五百三十六枚だ。俺はオークションの打ち合わせに行くから、ゆっくり数えてくれていいぞ」

金を置くなり、いやにいい笑顔で去っていったギルド長を見送って、机の上に目を向ける。

……踏破報酬だけで、金貨千五百三十六枚。

どすんと音を立てて机に置かれた革袋からは、おびただしい数の金貨が覗いている。

これだけの量がまとまって置かれていると、金貨じゃなくて鉄貨みたいだ。

もちろんその輝きは比べるべくもないんだけど……首から下げていた金貨の重みが、なんだか軽くなったような気がする。

「とりあえず半々に分けて、地道に数えるしかないかあ……」

「金貨を撫でさするのがレンの趣味だろう？　私は時間を潰してくるから、数えるのを存分に楽しめばいい」

「ちげぇし！　そりゃ金貨は好きだし、よく撫でちゃいるけど、数えるのは早く終わるに越したことないから！　二人でさっさと数えて、終わったら鑑定の手続き！　な!?」

「そんなものか」

「そうなの！　ほらほら、ディノも手伝えって。いついかなるときも支え合うのがバディだろ！」

「初耳だが……」

浮かせかけていた腰を下ろしたディノが、渋々と金貨に手を伸ばす。

いつもと同じ人形めいた無表情だが、これは心底面倒に思っているときの顔だ。

金にまったく興味がないのに、この量を数えさせられるのは苦痛なのかもしれない。

——ソロだったら、渡されたまま鞄に突っ込んだりしてそうだもんなあ……。

迷宮に長い間潜っていて知ったことだけど、ディノは本当に戦い以外に興味がない。

確かに『飯よりも金よりも戦いが好き』とは言っていたが、堅パンと干し肉だけで三食終わらせようとするし、野営場所を探すのさえ面倒がって、魔獣に襲われそうなところで寝ようとするし(向こうから襲って来るなら探す手間が省けると言い張るディノの説得に苦労した)、興味がないにしても限度があるだろ！　と言いたくなるほどだ。

それなのに嫌々ながらも数えるのに付き合ってくれるのは、『取り分を四六にするから全部レンが数えてくれ』なんて言わないのは、『施してもらうほど落ちぶれちゃいねぇ！』と吠えた俺の言葉を覚えていて——俺の想《おも》いや考え方を、尊重してくれているからこそなんだろう。

——くすぐったいけど、悪くないな。

ずっと一人で、急《せ》き立てられるように戦ってきた。

もっと強く、もっと稼げるように。報酬を分けなきゃいけなくなるからとパーティーの誘いも断り続けて、ひたすらに金にこだわってきた。

一刻も早く、金貨をざくざく稼げるようになりたくて——たった一枚の金貨がなんだと、笑える自分になりたくて。

今こうして、うなるような金貨を前にしても、不思議と心が凪《な》いでいる。

それはきっと、隣にディノがいるおかげなんだろう。

「ありがとな」

「半分は私に義務があるし、礼を言われるようなことではない。だが、手合わせはいつでも受け付けている」

「はは、どんだけ手合わせが好きなんだよ！」

「レンと戦うのは楽しいからな」

しれっと返された言葉に笑いつつ、意外に手際のいいディノの手元を見る。

金貨の山から手に取られ、十枚ずつ積まれて並んでいく金貨たち。それとよく似た輝きを放つディノの瞳。

その金色の瞳が俺のほうを向かないことに、微かな物足りなさを覚えつつ、あとは無言で金貨を数えた。

8

レンが拠点としている孤児院は、下町でも特に治安の悪いあたりに、傾くようにして建っていた。

中央の建物だけは石造りのようだが、周囲に無理やりに繋げた建物はおそらく木造なのだろう。建てた年代も違うのか見た目にも大きさにも統一感がなく、狭い土地にひしめき合うように建つ姿はどこか不格好な城のようにも見えた。

「真ん中の石造りの建物に作業場と食堂と広間があって、チビどもはここで雑魚寝してる。ある程度でかくなってくると増築部分に二人部屋をもらえて、十五からは家賃を払う決まりだな。あ、そこの床腐ってるから踏むなよ」

「レンはずっとここに？」

「九歳で親を亡くしてからはな。その前も親が留守にするときは泊まりに来てたから、ほとんど実家みたいなもんだけど」

そう言いつつレンが向かった先は、レンが拠点として借りている部屋だった。

五歩も歩けば窓に行き着いてしまう小さな部屋に、素朴な木製のベッドが二つ。横になって手を伸ばせば届いてしまいそうな距離を空けて並んでいる。

それ以外には家具といった家具はなく、私物もほとんど置かれていない。旅の合間にしか帰ってこないと言っていたから、ほとんどの荷物は拡張鞄に入れて持ち歩いているのだろう。

生活感と呼べるものは、片方のベッドの上に畳まれているリネン類と枕くらいだろうか。

どれをとっても『金の亡者』と呼ばれる男の部屋とは思えない質素さだが、同時にとてもレンらしい気がした。

「私はこちらのベッドを使えばいいのか？」

「えっ、いや、これから別の空いてる部屋を準備してもらおうと思ってたけど」

「またすぐ旅に出るのだし、別で用意するのも面倒だろう」

「そりゃそうだけど、数日はここにいると思うぞ……？」

「迷宮ではもっと長く一緒だったろう」

いまさらなんの問題が？　と首を傾げると、レンも同じように首を傾げた。

そう言われてみれば問題ないような、いくらバディでも部屋まで同じってのは変なような、けどうまい反論も思いつかないし……という呟きを聞くに、何やら葛藤《かっとう》があるらしい。

バディを組むのはもちろん、誰かとこんなに一緒にいるのも初めてだからよくわからないが、人間には同室を使う際の決まりや条件などがあるのだろうか。

魔王城の使用人や部下たちは個室だったか、どうだったか――私が持つ膨大な魔力や、他者を支配できる魔眼を恐れる者が多く、不用意に近づかないよう申し付けていたから聞いたこともない。

それならばと魔王になる前のことを思い出そうとしてみても、かなり若くして魔王になった上に、幼い頃は今よりずっと魔力の制御が甘かったため、とにかく遠巻きにされていたことしか思い出せなかった。

――髪色が変わるほど魔力を漏らしても、竜の首を焼き切るような魔法を使っても、レンは怯《おび》える素振りもないが。

己の理解の範囲を超えた力を持つ者を、人間も魔族も化け物と呼ぶ。

畏れ、敬い、遠く離れたところで跪いて顔を伏せて、あるいはがたがたと身を震わせて、必死に距離を取ろうとする。

魔王軍の部下たちも、大陸でも名だたる冒険者たちも、果ては先代の魔王まで。私の力を身近で感じた者はみな、一様に恐怖を浮かべていた。

『やっべぇな、マジ！』と言いながら大笑いして『今の魔法ってどうやんの？　俺にもできそう？』と聞いてきたのは、この長い生でもレンだけだ。

晴れ渡った空のようなレンの瞳に、私はどんなふうに見えているのか。

頬に手を添えてじっと覗き込んでみると、途端にまばたきが忙《せわ》しなくなる。

「え、あー、ええと！　そうだ、俺、約束あるからもう行かねえと！」

「約束？　食事はどうするんだ？」

「たぶん済ませてくる。とりあえずこれ、この部屋の鍵《かぎ》な。リネン類は孤児院に予備があるけど全部ボロいから、気になるなら買い出しに行ったほうがいいかもしんない。付き合えなくて悪《わり》ぃけど、四軒隣のノル爺さんの店なら大抵のもんは揃うから！　じゃあ！」

早口で言いおいて出て行ったレンの背を静かに見送り、覚えた違和感に眉をひそめる。

約束。

迷宮に潜ってからはずっと一緒に行動していたが、レンが誰かと約束を交わすところは見ていない。

だとすると最近交わした約束ではなく、もっと前からの――王都に帰って来たら必ず果たすような約束なのか。あるいは私の目を盗むようにしてこっそりと約束を交わしたのか。もし後者だとしたら、誰かと会うこと自体を隠しそうなものだが。

レンがいなくなった途端に静寂が耳を突くようで、眉間に皺を寄せて部屋を見渡す。数歩で行き着いてしまう建付けの悪い窓を押し開けると、低めた声で側近を呼んだ。

「ヒルデアーノ。レンの稼いだ金の行方はわかったか」

「恐れながら……この孤児院には寄付しているようですが、大半はわからないままです。『金の亡者』とあだ名されるくらいですから、どこかに貯《た》め込んでいるのでは？」

「違うだろうな」

『金の亡者』と呼ばれるだけあって、レンは確かに金にうるさい。

迷宮で得た魔石や魔獣の素材の売却など、すべて冒険者ギルドに任せてしまったほうがずっと楽なはずなのに、宝飾品や貴金属を得意とする貴石ギルドや、魔石を多く必要とする魔導具ギルドにも金額の交渉を持ちかけていた。

大した金にならない雑魚魔獣の素材取りも怠らず、売却代金が一鉄貨でも多くなるように手を尽くす様はまさに『金の亡者』といった姿だったが……意外なことに、そうして得た金そのものについてはあまり頓着《とんちゃく》していないように見える。

一生遊んで暮らせるだけの金を手に入れたのだから、少しは浮かれたり散財したりしてもいいはずだが、数え終わった金貨は無造作に鞄に突っ込んだだけ。

金貨の山を前にしても相好を崩すこともなく、むしろどこか複雑そうな、込み上げるものをこらえるかのような表情で、胸元から下げた金貨を撫でていた。

まるで目の前にあるおびただしい数の金貨の山より、その一枚のほうが大切だと言いたげな顔で、きゅっと唇を引き結んでいた。

——いつ死ぬともわからない職業なのに、常に大金を持ち歩くとは思えない。だがギルドには預けていなかったし、この孤児院に大金を隠すのは現実的ではない。この部屋には箪笥《たんす》さえ置かれていないし、そもそも危険すぎるだろう。

ならば今日受け取っていた大量の金貨は、今までレンが稼いできた金は、いったいどこに消えているのか。

約束の相手と何か関係があるのだろうか。

身につけているピアスは母の形見だと言っていたし、レンに女の影を感じたことはない。あの必要以上に金にしっかりしたレンが、誰かに騙されるとも思えないが……ヒルデアーノでもすぐにはたどれないほど慎重に、金の行方が隠されている。

ならばそこには、なんらかの事情があると考えるのが普通だろう。

「レンについては私が当たる。次は国王とその周辺の貴族について、不審な動きがないかの調査を。……大迷宮の踏破をきっかけに、いろいろと動き出す可能性がある」

「はっ」

さっと頭を下げたヒルデアーノから目を逸らし、レンの気配を慎重にたどる。

夜の闇に包まれつつある下町の中、一際強いレンの魔力が輝くように感じられた。

＊

迷いのない足取りでレンが向かったのは、下町の中でも特に荒れた通りにある、民家に偽装した酒場だった。

扉の横に小さな明かりが灯されているほかは看板もなく、一見しただけでは酒場ということすらわからない。

だが、ちょうど出てきた客と入れ替わるようにして中に入ると、薄暗い店内の半分ほどが既に客で埋まっていた。

外套や帽子などで顔を隠した客が多いのは、ここが密会のためにある店だからだろう。

魔法で気配を薄れさせたままカウンター近くのテーブルにつくと、レンが誰かと話しているのがよく見えた。

ごく平凡な顔立ちをした、レンと変わらない年頃の男だ。

庶民に多い茶色の髪と同色の瞳。首筋と口元を覆うように布を巻いているほかは、これといった特徴はない。外套を深く被っていても人を惹《ひ》きつけてしまうレンとは対照的に印象が薄く、どこにでもいそうな男に見える。

だが、その男に向けられるレンの表情は親密でありながらいとけなく、どこか私を落ち着かなくさせた。

「それでレンらしくもなく、逃げるように駆け込んで来たんだ？」

「お前もやられてみればわかるって！　マジで息が止まりそうになるから！」

「生憎と、そんな美形には縁がないなあ。強いて言うならレンくらいだけど――付き合いが長すぎてピンと来ないや」

茶髪の男がぐっと顔を近づけてレンの瞳を覗き込み、二人がしばらく見つめ合う。

その光景を不快に感じながらも目を逸らせずに眺めていると、二人が同時に視線を外し、よく似た仕草で肩を竦めた。

……結成したばかりのバディである私より、よほど息の合った相手のようだ。

私がこの国に来てまだそれほど経っていないし、何もおかしくはないのだが……こうして親密な様子を見ていると、胸のあたりが重たくなるのは何故なのだろう。

得体の知れない感情に眉間の皺を深くしていると、何かを話していたレンがおもむろに革袋を取り出した。

――迷宮の踏破報酬か。

二人合わせて金貨千五百三十六枚。それをきっかり半々に分けたのはつい半日ほど前のことだ。

丈夫な革袋がはち切れんばかりに膨れているのも、机に置いたときの重たい音もあのときのまま。

金貨どころか鉄貨一枚にこだわって交渉を行っていたレンが、得たばかりの大金をそのまま相手に渡そうとしている。

それに驚きと強い警戒を抱いたとき、偶然男の首筋に見えたものに、思わず椅子から立ち上がっていた。

「――王族がこんなところで何をしている」

「は？　え？　ディノ……？」

二人に割り込むようにしてカウンターに手を突いた私を、レンがぽかんと口を開けて見上げてくる。

それを視界の端に映しながらも敢えて茶髪の男だけを睨みつけると、男はにんまりとした笑みを浮かべた。

9

体格がいいことは知っていたが、座ったまま見上げたディノはほとんど壁のようだ。

その背があまりに大きいからか、いつもの闇色の外套のせいか、薄暗い店がさらに暗くなったように感じる。

俺を背に庇《かば》っているせいでディノの表情は見えないけれど、ディノが纏う雰囲気はぴりぴりと肌を刺すようだった。

「こんなところで何を、って。それはどっちかっていうとボクのセリフだと思うけど？　幼馴染《おさななじみ》との親密なやり取りに急に割り込んできた『幽玄の黒』さん？」

「仲のいい幼馴染が、レンから多額の金銭を巻き上げると？」

「巻き上げるなんて人聞きが悪いなあ。低利子出世払いで貸してもらってるだけなのに」

「ちょ、ちょ、ちょっと待った。どうしてディノがここに？　二人ともなんでそんな喧嘩腰なんだ？」

ぼうっとディノを見上げているうちに進んでいた話に我に返って、慌てて二人の言葉を遮る。

いつもの無表情をさらに冷たく凍らせているバディのディノと、明らかに面白がっている幼馴染のアーサー。

そのうちに紹介しようと思っていた二人が思わぬところで顔を合わせたわけだけど……いったいどうしてこんなことに？

なんで初対面のくせに、いきなり険悪な雰囲気なんだ？

「なんでってそりゃあ、レンがボクのことを説明してなかったから心配してるんでしょ。いい機会だし、レンの口からちゃんと言ったら？　『金の亡者』がお金を貢ぐくらいには、特別な関係にある男ですって」

「レン、そうなのか？」

「違う！　アーサーに貢いだりするわけないだろ！」

眉間に皺を寄せたまま鋭い視線を向けられて、ほとんど悲鳴のような声を上げる。

金を貢いでるってなんだそれ。特別な関係ってなんなんだ。アーサーとの関係なんて、幼馴染兼協力者以上の何物でもないのに――カウンターに置いた金貨がずっしり詰まった革袋のせいで、変に信《しん》憑性《ぴょうせい》があって困る。

現にディノが疑いの眼差しを向けてきていて、その視線の厳しさに背中に冷たい汗が流れる。

——あーもう！　妙に誤解を招くことを言いやがって！

一人楽しげなアーサーに恨みがましい目を向けつつ、ディノの手を引いて席を立つ。

「七百六十八枚！　数えて待ってろ！」と革袋を指して言い捨てると、アーサーがやけににこやかに笑って手を振った。

＊

店を出て小汚い路地を縫うように進むと、密談にはもってこいの袋小路にたどり着く。

そこに足を踏み入れてから掴んだままの手をぱっと放すと、その手がすぐに掴み取られた。

「あれは誰だ。首に王族特有の痣があったが、本当にレンの幼馴染なのか。騙されている可能性は」

「ちょ、ちょ、ちょっと待って。近い。近いから待てって」

矢継ぎ早の質問が耳に届くより早く、ディノがぐいぐいと迫ってくる。

痛みはないけど逃げられない絶妙な力加減で俺の手を掴んで、険しい表情を俺に向けて——それに気圧されて思わず数歩後ずさると、背中がひやりとした壁に触れる。

土地勘のある者しか知らない狭い袋小路だからしょうがないけど、これ以上は逃げられないらしい。

……猫に追い詰められた鼠《ねずみ》は、もしかしてこんな気持ちなんだろうか。

薄暗い路地でも輝くような金の瞳に射抜かれて、思考が完全に停止する。

間近にある無駄に整った顔立ちにうっかり呼吸さえ忘れそうになり、慌ててはくりと口を開けた。

「レン、答えてくれ」

「え、ええっと……なんだっけ」

「あれは誰だ。どこで知り合った」

「あいつはアーサー。ディノの言う通り王族で、血筋としては一応第二王子になる。でも、生まれてすぐに殺されそうになったとかで……ええと、今日ギルド長が話してた、カールソン辺境伯って覚えてるか？」

「大迷宮メディエンヌを下賜されたという幸運な貴族か」

「そうそう。その爺さんに引き取られて、辺境伯家の末息子として育ってる。だから、血筋は王子だけど庶民派っていうか、ぶっちゃけると反国王派っていうか。孤児院に寄付してくれる爺さんにくっついてよく来てたから、孤児院育ちの俺とも小さい頃からの顔見知りなんだ」

「……第二王子とその生い立ちについては耳にしたことがある」

囁《ささや》くようなその言葉とともにディノの緊張が和らいで、気づかれないようにため息を吐く。

どうやら、第一関門は無事に突破できたみたいだ。

竜を前にしても楽しげに口角を吊り上《あ》げていたディノが、こんなにも警戒をあらわにするなんて驚いたけど……アーサーが王族だと知って過剰に反応していたみたいだし、この国の王族に何か嫌な思い出でもあるのかもしれない。

まだディノがこの国に来たばかりの頃、第一王子がグリフォンの討伐を通じて俺とディノを競わせ

ようとしてきたくらいだし。

王様を筆頭にしたこの国の王族は欲深い人ばかりだから、過去に何を仕出かしていても驚かない。

「だが、何故あれほどの大金をやつに渡す必要がある」

「あれは……アーサーは貢いでるなんて言ってたけど、もちろんただの冗談で、実態としては貸してるっつーか、預けてるっつーか、使ってもらってるっつーか……」

「私には言いにくいことか」

「いや、全然悪いことじゃないし、やましいことでもないんだけど……自分で言うのがちょっと恥ずかしい気がして」

「恥ずかしいことに使っているのか？」

「違う！　違うから！　慈善活動の足しにしてもらってるだけだから！」

とんでもない誤解に慌てて声を荒らげると、ディノがくるりと目を丸くした。

『金の亡者』と慈善活動。我ながらかけ離れすぎていて、むずがゆい気がしてしょうがない。けど実態としては間違いなく慈善活動だから、他に説明のしようもない。

……でも、そんなに驚くことないだろ。

意外なのはわかるけど、ガラじゃないって俺だって思うけど、そんなにまじまじと見てくることないだろ！

いい加減拗《す》ねるぞ！

「慈善活動……？　恵まれない者を金銭や物品で支援する、あの慈善活動か？」

「そうだよ。その慈善活動だよ。……具体的には、下町での定期的な炊き出しとか、魔獣の被害が多かったところへの補填《ほてん》とか、魔獣専門の討伐隊を組織するための費用とか。ああ、あと、各地にある孤児院への寄付もアウリムって名前でやってもらってる」

「アウリム?」

「冒険者だった俺の両親のバディ名。どこかの国の言葉で、金色って意味らしい」

母譲りの金髪をいじりながら唇を尖《とが》らせて答えると、やっとディノの手の力が緩んだ。

……それほど強く握られていたわけじゃないのに、なんだか熱を持っているような気がする。

大剣を使うからか、体格のせいか、同じ男なのに俺よりずっと大きくて骨張った手。その手が触れていたところを無意識のうちにさすりながら、アーサーに金を渡し始めた頃のことを思い返した。

あれは確か、順調に冒険者のランクを上げて、それなりに稼げるようになってきた頃。

金貨をざくざく稼げるような冒険者になりたい。そんな動機でとにかく必死に依頼をこなしていたけれど、あくまでも俺の目的は『稼ぐこと』以上でも以下でもなくて。

順調に稼げるようになって、一通りの装備を揃えてしまうと、だんだん貯まっていく金を持て余すようになっていた。

金は稼ぎたいけど、何かに使いたいわけじゃない。金貨を見るとどうしても思い出してしまう光景があるから、手元にも置いておきたくない。

そんな矛盾した気持ちを抱えていた俺に、慈善活動への出資を持ちかけてきたのがアーサーだ。

『使う予定がないお金を、貧乏な王子様に貸してくれる予定はない?　ほとんど無利子の出世払いで』なんていう人を食ったような誘い方は、今思い返してもどうかと思うけど。

俺が持て余した金で誰かが飢えずに済むのなら、それはとても有意義な使い方のように思えた。

「『金の勇者』の名は出していないのか」

「やだよガラじゃねーし。恥ずかしーだろ」

本当はアーサーに名前を隠すよう勧められたからなんだけど、それを伏せてディノに話す。

そうしたほうがいい理由について、アーサーはいろいろ話していた。

反国王派のアーサーと辺境伯が国王に睨まれているから、二人と繋がりがあることは極力隠しておいたほうがいいとか。孤児院や炊き出しへの寄付はともかくとして、討伐隊に関する費用負担は私兵の育成を疑われかねないとか。

『金の勇者』の名声が高まりすぎると、民から搾取している貴族たちに睨まれるかもしれないとか。

……どれも『そんなもんか』と思いはしたけど、完全に理解したとは言いがたい。

だからこそ自分の気持ちしか説明しなかったんだが、ディノはなんとなく背景を察したらしく「なるほど。そのほうが面倒も避けられるか」と呟いていた。

……もしかして、こういうことに関しては俺が一番鈍いんだろうか？

「念のため聞くが、ちゃんと借用書を交わして、金の使いみちもしっかりと把握しているんだな？」

「そりゃもちろん。こと金に関することで、この俺がぬかるはずないだろ」

「そうは思ったが……情はときに人をおかしくさせると聞くからな」

「それ！　その誤解もマジ勘弁だから！　アーサーはただの幼馴染だし、特別な関係ってのも債務者と債権者っていうアレだから！」

男同士に偏見はないが、アーサーと恋人同士だと思われるのは絶対に嫌だ。

まだ恋をしたことすらないから、女性を好きになるのか男性を好きになるのかもわからないけど、アーサーだけは本当にない。死んでもない。

アーサーとどうこう、なんて想像しただけで鳥肌が立つくらいには無理な相手だ。

それはアーサーも同じだろう。

「わかった、誤解はしないと誓う。……尾行して悪かった」

「いーよ、心配してくれたんだってわかったし。俺だって、ディノが知らないやつに大金を渡してたら心配するもん」

「心配？　私をか？」

「当たり前だろ」

ディノはとんでもなく強いけど、どこか浮世離れしたところがあるし。俺よりずっと長く冒険者をやってるくせに、魔石が金になることも知らなかったし。

報酬にも素材の売却価格にもまったく頓着しないから、本人が気にしていないところでカモられていそうな気さえする。

『幽玄の黒』を相手に悪事を働こうとするやつなんて、そうそういないとは思うけど。

――俺のことは心配したくせに、なんでそんなに驚いてるんだか。

目を丸くして、何度も何度もまばたきをして……いつもはほとんど表情を動かさないくせに、今日はやけに表情豊かだ。

心配すると言われたのが、そんなにも意外だったのか。

ディノくらいに完成された強さを持っていると、あまり心配されることもないのかもしれない。

「なんせ俺たちはバディだし。バディは支え合うもんだし？」

「……いついかなるときも、だったな」

ふっと笑いながら応えてくれたディノに笑い返しつつ、俺はそっと心に決めた。

期間限定のバディだけど、剣も魔法もディノにはまだまだ及ばないけど。せめてバディでいるうちは、俺がディノの背中を守って、ディノのことを心配しよう。

そして、『飯よりも金よりも戦いが好き』だと言っていたディノが存分に戦いを楽しめるよう、迷宮の情報を集めよう。

ディノに気づかれないように拳を握った俺の影が、でこぼこの地面に伸びていた。

10

王都で準備を整えて迷宮に潜り、踏破できたらギルドに報告して得たものの精算。ギルドの持っている情報を参考に次に向かう迷宮を決め、また準備を整えて新たな迷宮に挑戦する。

そうして俺たちは順調に、難攻不落と言われていた迷宮をさらに三つ踏破した。

大迷宮メディエンヌの後に攻略した三つの迷宮は、規模こそ大迷宮には満たないが、どれも長年踏破されなかったせいで相当にマナが溜まってしまったところだ。

ソロでも潜れるのは発生から五年以内の若い迷宮だけだから、ディノとバディにならなければ潜ることさえできなかった場所。

さらに言えば、数多《あまた》のパーティーが挑んでは敗北してきた迷宮でもあるんだが、俺たちにとっては特に問題となるほどでもない。

高ランク魔獣がうようよ出てくるのは大抵の冒険者にとっては悪夢だろうが、俺にとっては効率よく稼げてありがたいだけだし、ディノに至ってはものすごく楽しそうに剣を振るっていた。

魔獣たちの楽園と化していた迷宮が、魔獣たちにとっての地獄へと変わる。

恐ろしいほどに美しい笑みを浮かべながら虐殺を繰り広げていくディノは、さながら命を刈り取る死神のようで、バディである俺もちょっと引いた。

――下手にパーティーを組むと、効率よく稼げなくなると思ってたんだけどなあ。

難しい迷宮に潜れるようになったとしても、足手まといが増える上に、うまく踏破できても報酬は山分け。

バランスがいいと言われるパーティーはだいたい斥候、剣士、盾役、魔法使い、回復役の五人編成であることを考えると、報酬が一気に五分の一だ。それならば発生から五年以上経つ迷宮に入るのは諦めて、ソロのまま稼いだほうがいい。

……そう思ってずっとソロでやってきたが、こうなると考えを改めざるを得ない。得られた財貨は恐ろしいほど。

ディノとバディを組んだおかげで難易度の高い迷宮に潜れるようになって、得られた財貨は恐ろしいほど。


踏破報酬の支払いや素材の買取りでギルドの予算が枯渇して、大陸中心にある本部にまで助けを求める羽目になるくらいに、多額の金が動いている。

ソロだった頃の稼ぎなんて、これに比べたら微々たるものだ。

迷宮に潜るたびに金貨が目の前にどっさりと積まれ、どんどん感覚が麻痺《まひ》していく。

このままだといつか、銅貨と間違えて金貨を差し出すようになりそうだ——なんて冗談ともつかないことをアーサーにこぼしたけど、真顔で頷かれただけだった。

そのアーサーとディノは、誤解が解けた後も相変わらずだ。

金が有り余っているらしいディノもアーサーの活動に出資するようになったのだが、顔を合わせるとちくちくと嫌味の応酬を繰り広げている。

「二人の稼ぎがすごすぎて、ボクそろそろ利息だけで破産しそうなんだけど？」とアーサーが頬を引き攣《つ》らせれば「そうなれば幾分すっきりするだろうな」とディノがしたり顔で頷いて、それにアーサーが「嫉妬深《しっとぶか》い男は嫌われるよ？」とやり返す。ぽんぽんと飛び交う二人の会話にはついていけないことが多いが、これが『喧嘩するほど仲がいい』というやつなのかもしれない。

「で、次に潜る迷宮は決めたの？」

「いや。発生から年月が経っているやつから順番に踏破していこうとは思ってるけど」

「そうなると、しばらくは嫌がらせで下賜されたところばっかりになるねえ……そこの黒い人は異論なし？」

「手強い戦いを希望したのは私だからな」

なんとなく物言いたげなアーサーを、ディノがきっぱりと切り捨てる。

……おそらくだけどアーサーは、大迷宮メディエンヌを踏破したときにギルド長が言っていたことを気にしているんだろう。

王様が踏破を諦めて嫌がらせで下賜したのに、俺が踏破することで反国王派の貴族の土地が大幅に増えて、王様としては面白くない……という感じのあれだ。

いったいいくつの迷宮を下賜したのかは知らないけど、俺に言わせれば嫌がらせなんてしようとするからだし。国全体としてはプラスになるんだから、そんなに気にしなくていいんじゃねぇの、って感じなんだが、アーサーは心配しているらしい。

——一応王領にある迷宮もギルド長に調べてもらったけど、めぼしいのは全然なかったんだよなあ。

たぶん、大迷宮メディエンヌのように踏破が不可能と言われたような迷宮は、ほとんど下賜してしまったのだろう。まだ王家の持ち物のままなのは、Aランクパーティーが本気で挑めば攻略できそうな可能性のあるものばかりで、俺たちにとっての優先度は低い。

俺からするとあんまり稼げなそうだし、ディノからすると魔獣の強さが物足りない迷宮なんて、潜るにしても微妙だし。

ディノとはあくまで期間限定のバディっていう約束だから、難しいところから踏破していったほうがいいと思うんだよな。

「ボクがとやかく言うことじゃないけど、天文学的な金額が動いてるのに、国王にはほとんど旨みがないから、内心では面白くないと思っていると思う。魔国に対しての戦争の準備と思われるような動きもあるし、巻き込まれないよう気をつけて」

「言われなくても、王様の私欲のために死にに行くような忠誠心は持ち合わせていないね」

「そこの黒い人も。何かあったら守ってやってよ」

「貴様に頼まれる筋合いはないな」

いつも人を食ったような笑みを浮かべているアーサーが真面目な顔でディノに頼み、ディノがふんと鼻を鳴らして俺の髪をかき混ぜる。

……頼まれる筋合いはないけど、もしものときは守るということなんだろうか。

誰かに守られるほど弱くはないつもりなのに、二人の間で俺が守られる方向で話が進んでいるのが腑《ふ》に落ちない。

そもそも、これから何かが起きるという前提で話が進んでいるのもどうなんだか……。

政治とか派閥とかは確かに俺にとってはちんぷんかんぷんだけど、ややこしい生まれのアーサーはともかく、なんでディノまでわかっている感じなんだろう。

大陸五指と謳《うた》われるような冒険者になるには、政治的な感覚も必須《ひっす》技能だったりするのか？

わしわしと頭を撫で続けているディノの手を軽く払いのけ、ぼさぼさになった髪を整える。

今はまだアーサーもディノも心配性としか思えないけど、忠告だけは覚えておこうと胸に刻んだ。

かなり稼いでいるのに孤児院を拠点にしている一番の理由は、恩ある孤児院の定期的な収入源になればと思ってのことだ。

俺が孤児になった九歳から、冒険者として独り立ちする十五歳までの六年間。飢えることなく雨風を凌《しの》げた恩はでかいし、俺と同じような境遇のチビたちにも、明日の心配なく眠りにつかせてやりたいと思う。

＊

建付けは悪いし、隙間風が入り込むし、早朝からチビたちの声で起こされるしで快適とは言い難い拠点だけど、慣れていればどうってことないしな——と寝起きの頭で考えながら目を開けると、すぐ近くに絶句するような美貌があった。

「ッ!?」

危うく叫びそうになった口を両手で塞《ふさ》ぎ、まばたきを繰り返してその顔を見つめる。

きりりとした眉に、閉じていてもわかる切れ長の瞳。人の身に許されるとは思えない完璧なラインを描く鼻筋に、淡く色づく薄い唇。

真珠のような白い肌はなめらかで傷やシミの一つもなく、この男をより美術品のように見せている。

ドレスや宝飾品で飾り立てた貴族のご令嬢よりずっと、無防備なこの男の寝顔のほうが美しい——

なんて口に出したら、平民の俺の首は呆気《あっけ》なく飛ぶんだろうけど。

――見慣れはしたけど、慣れねぇなあ。

大迷宮メディエンヌを踏破したばかりの頃、拠点としてこの孤児院を紹介したら、何故か同室を使うことになったのが数ヶ月前。

どうせ迷宮に潜っている間は使わない部屋だし、わざわざ他の部屋を用意するのは面倒だし。そもそも迷宮にいる間は身を寄せ合うようにして眠っているのにいまさら何を、と問われればうまい反論も思いつかなくて、仕方なく同じ部屋を使い始めた。

とうに成人した男二人が同室っていうのはどうなんだろうとか、もしどちらかに恋人ができたら困るんじゃないかとかも考えたけど、まあそれはそれ。

そのときに考えればいいかー、なんて流された俺のせいで、今も王都にいるときはディノと狭い部屋で眠っている。

ベッド二台でいっぱいいっぱいの小さな部屋だけど、互いの荷物は拡張魔法がかけられた鞄の中。狭いは狭いけど寝るのに困るほどではないし、バディになってからはほぼ毎日一緒に寝てるわけだし、なんの問題もない――はずだった。

――起き抜けに見る美貌が、こんなに心臓に悪いとはなあ。

迷宮では魔獣に襲われたときのために片方は座って眠ることにしているし、お互い外套にくるまっている。

だからすぐ近くで寝ていても、無防備な状態で美貌を見てしまう機会はそんなになくて、俺も落ち着いていられたんだけど……いくら別々のベッドとはいえ、手が届くほど近くにある美貌は破壊力がやばい。

俺だって一応、容姿目当ての貴族に呼びつけられるくらいには整った顔のはずなんだが、ディノの顔は次元が違う。

顔を隠さずに街を歩けば見惚れた人たちで事故が起こるし、目が合って石化したギルドの受付嬢も一人や二人じゃない。常に深く外套を被っているおかげで影響は最小限に抑えられているが、この顔を衆目に晒《さら》したら失神する人が続出すると思う。

眼帯で顔の半分を隠していてもこうなのだから、これを取ったらどうなるのか。街を歩くことさえままならなくなるんじゃないのか。

——そういえば、この下は見たことないな。

寝るときも眼帯は付けたままだし、水を浴びるときは互いに背を向けている。

徹底して顔の半分を隠しているから、ひどい傷でもあるのだろうと思っていたが……呆れるほどに強いディノが、そう簡単に顔に傷を負うだろうか？

竜さえ軽く倒してみせる男なのに？　毎日手合わせをしている俺でさえ、まだかすり傷一つ付けることができないのに？

見える範囲のディノの身体には、目立った傷の一つもないのに？

いったいどんな相手と戦って、右目を傷つけるに至ったのか。

その傷を見たらわかるのだろうか。

俺のほうを向いて寝ている、驚くほど美しい顔をした男。

ベッドとベッドの隙間はほとんどなく、少し伸ばしただけで簡単に手が届いてしまう。

美しい顔の半分を隠す黒の眼帯。就寝用の柔らかそうな布製のそれは、ふちに手をかけたら簡単にずらせてしまうだろうが——吸い寄せられるように伸ばしかけた手を、己の意思できつく握った。

「気になるのか？」

「やっぱ起きてたか。どんな傷か気にならないっつったら嘘になるけど、勝手に暴いたりはしねぇよ。……ちょっとフラッとはしたけどな」

「この顔を見て理性を飛ばさないのは大したものだ」

「お褒めにあずかり光栄だね」

とんでもなく自惚《うぬぼ》れて聞こえるセリフに肩を竦めて返しながら、柔らかく細められた金の瞳から目を逸らす。

ディノじゃなければ呆れてしまいそうな発言だが、ディノが言うならただの事実だ。自惚れでもなんでもなく、ディノの顔にはそれくらいの威力がある。

この魔性の美貌を目の当たりにしてしまい、魂が抜けたようになる人たちなら何人も見てきたし、ある程度慣れた俺にとっても、無防備な寝顔は目に毒だ。

できれば向こうを向いて寝てほしいと思うくらいには。

「褒美と言ってはなんだが、この下に傷らしい傷はない。まだ人に見せたことはないが……お前にはいずれ、見せる日も来るだろう」

「……ふぅん」

意味深な言葉に意識して素っ気なく返してから、顔を隠すために寝返りを打った。

顔が熱くて、頬が緩む。胸のあたりがむずむずとしてくすぐったくて、唇が勝手に弧を描いていく。

……この不意打ちはずるい。

まだ他人《ひと》に見せたことがないのに、俺にはいずれ見せるって。それってつまり、俺を特別に思っているっていうことだろ。

俺の提案に頷く形で始まった条件付きのバディでも、それなりに認めてくれてるってことだろ。

誰にも見せたことのない眼帯の下を、いつか見せてもいいと思うくらいには。

湧き上がる喜びを胸を押さえてやり過ごして、冴《さ》えきった目を無理やりに閉じる。

日が昇るより早く活動を始めたチビたちの声がなかったとしても、到底眠れそうになかった。

11

普通にしていても品の良さが滲み出ているディノと下町の孤児たちとは、いまいち合わないように思えたけど、拠点として過ごすうちにだんだん慣れてきたらしい。

見上げるほどの身長を持つ黒ずくめの男にビビっていたチビたちも、次第にディノがいても固まらないようになってきた。

……まあ、固まりはしなくなっても、決して近づきはしないんだけどな。

剣に興味を持っている連中は俺とディノの手合わせを遠くから見守っていたりするのに、ディノが視線を向けるとぴゃっと逃げるし。アデルとケリーという十二歳の女の子たちは、ひそひそと言葉を交わしながら、ちょっと頬を赤くしてディノを見つめていたりする。

……目を見張るほどの美形だから見惚れる気持ちはわかるけど、女の子はやっぱ早熟だなあ。

「罪作りなやつ」

「私がか？」

「おう。むやみやたらとキレーな顔しやがって、ちょっとでも微笑みかけたら落ちないやつはいないんじゃねぇの？」

「ほう」

不思議そうに自分の顔を触っていたディノが、何を思ったか突然ふわりと微笑んだ。

——一瞬、時が止まったかと錯覚するような凄まじい笑みだ。

目にした者すべてが息を呑み、鳥さえも囀《さえず》るのをやめて沈黙を保つ。心地よく吹いていた風はディノの髪を揺らすことを躊躇《ためら》って、遠慮がちに動きを止めた。

ついでに言うと間近で目にした俺の心臓も、ちょっと脈打つのを忘れていた。

「どうだ？　落ちたか？」

「……あのなあ……アホなこと言った俺も俺だけど、ディノもわざわざ試そうとすんなよ……マジで落ちてたらどうするんだよ……」

「それは考えていなかったが。レンは顔だけでぐらつくような輩《やから》ではないだろう？」

ごく当たり前のことのように言い返されて、ぐっと唇を引き結ぶ。

そりゃそうだけど……見た目よりも中身のほうがずっと大事だってのは、お綺麗だけどクソみたいな性格をした貴族のお嬢様たちを見るたびに常々思ってたことだけど。

そんな俺でも、人並み外れたディノの美貌を目にしたときは、くらっと来そうになることもあるのに……この信頼はどこから来るんだ。

俺は何かを試されているのか。

「……そうだとしても！　心臓にはわりぃの！」

「そんなものか」

「そうだって！」

腑に落ちない顔で首をひねっていたディノに言い切って、背を向けて歩き出す。

乱れた鼓動がもう少し落ち着きを取り戻すまでは、ディノに顔を見られたくなかった。

＊

孤児院を出てごちゃごちゃとした下町を歩くと、あちこちから明るい声がかかる。

それに軽く手を挙げたりして応えながら、脇道にもちらりと目を向けた。

……さすがに浮浪者はゼロにはなっていないが、飢えて死にそうな者は減ったみたいだ。

アーサーによると、アーサーの爺さんが大迷宮メディエンヌの跡地の活用を早速始めて、あちこちから人を集めているらしい。

働ける者には仕事を与え、働けない者には俺からの寄付を元に炊き出しをふるまう。そうして苦しむ民たちの救済を行えているから、下町の環境は随分良くなったとも言っていた。

もちろんこれですべてが解決したわけじゃないし、迷宮から得られた財宝で潤っているのは、一時的なものだともわかっている。

でも生まれて初めて見る、明るく賑やかな下町に、足取りも心も浮かれていた。

「そんなにも査定額が楽しみか?」

「いや、うん、それもあるけど……賑やかなのはいいなって思ってさ」

「確かに、私が来たばかりの頃とは雰囲気が違うな」

「だろ?」

それもこれもディノのおかげだ——なんて小っ恥ずかしいことは口にできないけど、ディノがいなければなし得なかったことだというのは間違いない。

仮に俺が他の連中とパーティーを組んでいても、ディノと踏破してきた迷宮を攻略することはできなかっただろうし。広さも難易度も桁違《けたちが》いだった大迷宮を避けて、中規模の迷宮をいくつか踏破したくらいでは、こんなにも王都の雰囲気を変えることはできなかったと思う。

ディノは涼しい顔をしているけど、これは本当にすごいことだ。

そんなことを考えながらギルドの扉を押し開けると、扉の軋《きし》む音がやけに大きく響き渡った。

──なんだ？　この雰囲気……。

いかつい顔をした冒険者たちが気まずそうに俺たちを見て、そのまますっと視線を逸らす。

幾人ものそれが向かう先は、中央にぽっかりと空いた空間。

受付嬢のいるカウンターを取り囲むようにして、つぎはぎだらけの服を着たガキどもが、こちらに背を向けて立っている。

「お願いだ！　今はこれだけしかないけど、村のみんなで必ず返す！　何年かかっても絶対返すから、だから……っ！」

「お願いします！」

がばっと頭を下げたガキどもの声は、どれも細く甲高い。

後ろ姿で顔は見えないが、おそらく全員がまだ声変わり前……上は十三歳前後、下は七、八歳くらいだろうか。先日親を亡くして孤児院に入った八歳のヨハンと、そう変わらない年頃に見える。

だがその声には、幼いガキどもが上げる声にしてはあまりにも悲痛なものが混じっていて、眉間にきつく皺を寄せた。

「残念ですが、サーベルタイガーはAランク指定、紫ですと毒持ちの変異種ですので、最低でも金貨五枚は必要です。銀貨五十七枚では、前金としても……」

「そんな……」

「領主さまに願い出て、依頼を出していただくことは」

「それができてたらオレたちは来てないッ！」

——あー……これは、きっついなあ。

飛び交うやり取りでだいたいの事情を把握して、馴染《なじ》みの冒険者たちに目を向ける。

……どいつもこいつも苦虫を噛み潰したような顔をしているのは、全員がなんとかしてやりたいと思いつつも、何もできずにいるからだろう。

ガキどもが村から預かってきたのは銀貨五十七枚。四人家族なら約半年も暮らせる大金だが、紫のサーベルタイガーに釣り合うとはとても言えない金額だ。

サーベルタイガー自体が鋭い爪と牙を持つ屈強な魔獣だというのに、紫の変異種は一撃でも喰《く》らえば瀕死《ひんし》になる毒持ち。すべての攻撃を躱す自信がなければハイクラスの毒消しが必須になるが、毒消しは一本で銀貨十五枚。五人パーティーなら最低でも五本、銀貨七十五枚は必要だ。

歴戦の冒険者でも、いやそうであればこそ備えもなく挑むことはできない魔獣だし、銀貨五十七枚では残念ながら支度金にもならない。

ガキが必ず返すと言っている金貨五枚だって、回収に何年かかるのか。村からかき集めてきただろう金額が銀貨五十七枚なのだから、数年ではとても足りないだろう。

——だから村の連中は、敢えてガキどもに金《かね》を託したのかもしれない。

村の危機に瀕《ひん》したが、領主に助けを求めても取り合ってもらえなかった。

ならば自分たちで依頼を出そうと村中から金をかき集めたが、それも充分とは言えない額。となれば村の大人たちは、誰にも依頼を受けてもらえないことも、当然考えたことだろう。

それならばせめて、滅びゆく村からガキどもだけでも逃がせるように。かろうじて自活できそうな年齢の子どもだけを集めて金を託すことで、最悪村が滅びるとしても、彼らだけは当分は生きていかれるようにと。

願いと、祈りと、悲痛な覚悟を込めて、ガキどもを送り出したのかもしれない。

村中から集めた精一杯の銀貨を贐《はなむけ》として、大人たちの真意は告げずに、子どもらを避難させたのかもしれない。

——どうすっかなぁ……。

冒険者ギルドに来た主な理由は、買取査定が終わったものの金額確認。

だが昨日ギルド長に会ったときに『おそらくお前たちに頼むことになるだろう、緊急性の高い案件があってな……まだ詳細は精査中なんだが、数日は王都にいてくれないか』と苦い顔で頼まれたばかりだ。

これはたぶん、騎士団がマナを散らす任務を怠ったせいで、隣国へ向かう街道が迷宮に呑まれた件じゃないかと思うんだが……まだはっきりと言われたわけじゃないから確証はない。

ギルド側の精査が終わり次第、指名依頼を出されることになるんだろうが、その条件も受けるかどうかも、まだしっかりとは決まっていない。

「っ、じゃあ！　俺が奴隷にでもなんでもなるから！　その金で依頼を出すから！　だからッ……！」

ほとんど悲鳴のような懇願に思わず一歩踏み出しかけて、自分の拳をきつく握った。

ギルド長から指名依頼を匂わされ、王都で待つように言われておきながら、ガキどもの依頼を受けてもいいのか。

……心情としては、できれば受けたい。

大した金にはならないし、ギルド長との約束を無視することを考えたらむしろマイナス。他の冒険者にとっては厄介でも、たかがAランク魔獣の変異種で、戦闘狂のディノが楽しめるような相手でもない。

今はもうソロじゃなくて、ディノとバディを組んでいる以上、俺の気持ちだけで動くわけにはいかないとも思う。

だけど。

——金《かね》なんかの前で膝を折るのは、俺一人で充分だろ。

意を決して背後にいるディノに向き直ろうとした瞬間、のしっと肩に重みが乗った。

首筋にディノの吐息がかかり、反射でぞわりと鳥肌が立つ。俺の左肩に腕を回し、右肩に顎《あご》を乗せてきたディノが、首を傾げるようにして俺の顔を覗き込んでくる。

深く被った外套の下の、蠱惑《こわく》的な金色の瞳。俺の目をひたりと見つめるそれが、内心を見透かすように細められる。

「燃えるような目だな」

「は……？」

「決意の色か。青いのに、触れたら熱そうだ。晴れた空というより、高温で燃え盛る炎に見える」

「なに、言って……」

ガキどもの依頼を受けたいと、ディノに相談するつもりだった。

ギルド長には王都で待つように言われたけど、そっちも緊急っぽいことを言われてはいたけど、それに背いてでもなんとかしてやりたいと。

この状況でもしガキどもを見捨てたら、俺は俺を許せなくなるから。ディノがどうするかは自由だけど、俺は俺一人でも紫のサーベルタイガーを倒しに行くと。勝手を許してくれと、言うつもりだったのに——ディノに間近で見つめられて、何も言葉が出てこなくなる。

睫毛の先にそうっと触れられ、そのまま頬を撫で下ろされて、顔がぶわりと熱を持つ。

「どうしたいのか、言ってみろ」

「え……？」

「『いついかなるときも支え合うのがバディ』なんだろう？」

甘く溶けそうな声を耳に吹き込み、ディノが唇を吊り上げる。いたずらっぽく細められた金の瞳に、顔を赤くしたまま固まっている俺が映る。

——だっから、いちいち、近いんだって……！

少しは自分の美貌の威力を自覚しろよ！　と内心で情けなく叫びつつ、微笑むディノから目を引き剥がして前を向く。

左手で俺のピアスをしゃらりと鳴らしてから俺の隣に立った男は、言葉通りに俺に付き合ってくれるらしい。

二人並んで一歩ガキどもへと近づくと、ギルドにほっとした空気が流れた。

12

幸いと言うべきかなんと言うべきか、ガキどもに詳しい話を聞いた矢先に、ギルド長が指名依頼を持ってきた。

その内容は予想した通り、隣国への街道を呑み込んだ迷宮への対処。

大切な街道が迷宮に呑み込まれた事情を聞いたら、なんとも情けないものだった。

まずはじめに、マナを散らす役目を任された騎士団が近くの花街に入り浸り、領主がそれに見て見ぬふりをする。

そうこうしているうちに森が迷宮化し始めるも、巡回もまともにしていないせいでそれに気づかず。迷宮に街道が呑み込まれてから慌てて私兵を派遣するも、残念なことに既に彼らの手に負える規模ではなかった。

だがそうなると、冒険者ほど魔獣の戦いに慣れておらず、ろくな装備も与えられていない彼らは、ただ撤退するのさえ難しい。対処にもたついているうちに迷宮がどんどん街道を呑み込んで、ようやくギルドに依頼が出されたときには時すでに遅し。早期に動いていれば簡単に対処できたはずの若い迷宮は、その緊急性からSランク案件になりましたとさ。おしまい。

騎士団がサボっていなければ、あるいは領主が即座にギルドに依頼を出していれば、こんなことにはならなかったんだろうけど……結果として、巡回をしなかった騎士団のせいで迷宮は大きくなり、領主が冒険者への依頼料を惜しんで私兵に対処を任せたせいで事態がさらに悪化している。

小銭をケチって大金を失うなんて、まったくもって情けないこった。

「しかし、ここって……ガキどもの村とかなり近くねえ？」

「北のアルテラン王国に向かう街道を呑み込んだ迷宮。彼らのいたオッソ村は街道の南側、領主館からは山を越えて東側にあると言っていたから……迷宮と推定される場所からは少し外れているが、影響は免れなかったのだろうな」

「調査員の調べによると、迷宮は虫系の魔獣が多いそうだ。そのサーベルタイガーがすみかを追われた可能性は充分にある」

「ってことはそれも含めて、領主とボンクラ騎士団の不始末じゃねえか」

花街に入り浸っていたっていう騎士たちが真面目に魔獣を狩ってマナを散らしていれば、迷宮は発生しなかったし、森の奥に棲んでいただろう紫のサーベルタイガーも、人里までは降りてこなかっただろう。

もしそうでなくても、領主がきちんと領内のことに目を光らせていたら。迷宮がまだ小さいうちにギルドに対処を依頼していたら。オッソ村の村長が助けを求めに行ったときに、門前払いを食らわせていなければ。

……たら、れば。たら、れば。

いまさら言ってもどうしようもないことだけど、騎士や領主の不手際の割りを食うのは民たちだからやるせない。

騎士団が働かないのも、領主が民のことを考えないのも、腐ったこの国ではめずらしくもない話だからこそ、胸のあたりがむかむかする。

「それはそうだが、迷宮とサーベルタイガーの関連性の証明ができないからなあ……。せめてジュルラック領の領主様が依頼を出してりゃ、関連事案として安くしてやれたんだが」

「……いま、なんて？」

「あ？　領主様が依頼を出してりゃ関連事案にできたって話か？」

「その前！　領の名前！」

「ジュルラック領だが……それがどうした？」

急に立ち上がった俺に怪訝《けげん》な顔を向けるギルド長と、わずかに眉を寄せたディノ。その二人の前でまたふらふらと座り込み、胸元の金貨をきつく握る。

……ジュルラック領。Aランク魔獣の変異種。

そして、金《かね》の前に膝を折りそうになっていた十歳前後の子どもたち。

それらに揺さぶられる心にどうにか耐えるため、ぶつりと唇を噛み切った。

＊

行くあてのないガキどもはとりあえず孤児院にぶち込んで、その足でディノと現地に向かった。

『依頼は受けてやるが、足りない分の代金は身体で返せ』と言っておいたし、活気を増した下町ではガキどもができる仕事もそれなりにある。

奴隷になる覚悟まで決めていたくらいだから、孤児院の院長の指導のもとで、きっと頑張って働くだろう。

問題は変異種のサーベルタイガーが出たオッソ村と、その近くにできた虫系魔獣の迷宮だ。

どちらも北の辺境ジュルラック領に位置していて、領の大半は山と森。辺境とは言っても隣国には面しておらず、山から切り出した木々を街道を使って隣国に運ぶことを主産業としている、小さな領地なのだという。

実際にたどり着いたオッソ村は崩れそうな木造の家が並ぶ貧しい村で、この村にとって銀貨五十七枚を工面するのは、簡単なことじゃなかったと思われた。

――因果っつうのは、あるんだろうか。

首から下げた金貨を指先で弄《もてあそ》び、ディノの結界で守られたオッソ村を眼下に眺めながら、とりとめもないことを考える。

紫のサーベルタイガーが村を襲いにくるのは決まって夜。村の男たちでなんとか追い払い続けているが、山に入れない日々が続けばどの道この村に未来はない――苦しげにそう語ったこの村の村長はひどく痩《や》せていて、ほとんど骨と皮だけという有様だった。

このまま運良く生き延びたとしても次の税金は払えない。みんなまとめて奴隷に落ちることになるだろうが、その前に子どもたちだけでも逃がしてやりたかった。まさか本当に子どもだけで王都までたどり着き、こうして助けを呼んで来るとは――そう話した親たちの目には微かに光るものがあり、俺は何もかける言葉が思いつかなかった。

ガキの一人が『奴隷にでもなんでもなるから！』と懸命に叫んでいたことも、その悲壮な覚悟に満ちた姿も。金《かね》という現実の前に膝を屈しそうになりながらも、必死に活路を探していたことも。

……一度は情けなくも膝を折った、俺なんかが語ることはできなかった。

「ずっと、らしくもない顔をしているな」

「あー、うん。まあ、ちょっと」

「ギルド長にこの領の名前を聞いてからだ。金貨を撫でさする癖もひどくなった。……この領に何かあるのか？」

「よく見てんなあ」

いつもしれっとした顔で佇んでいるのに、と苦笑を返すけど、ディノは誤魔化されてはくれないらしい。無言のまま金の瞳で見つめられて、手元の金貨に視線を落とした。

九歳のときに泥の中から拾い上げて、以来肌身離さず身につけている金貨。あの日から確かめるように撫で続けているせいで、表面が随分摩耗してしまったけど……。

金の月はまだ昇らず、銀の月だけがぼんやりと世界を照らす夜。

サーベルタイガーの気配もなく、静かに月が傾いていくこんな夜なら、昔の話をしても許されるだろうか。

「俺、貴族って嫌いなんだよな」

色を失ったような夜闇の中、邪魔な外套を脱いだディノの端整な顔だけが白く輝くかのようだ。

整いすぎていて冷たくも感じられる顔立ちの中、温かみを帯びた金色の瞳が続きを促すように細められる。言葉はなくともディノが耳を傾けてくれているのが伝わってきて、ひどく不格好にくしゃりと笑った。

ジュルラック領の領主、ヨーゼフ・ファン・ジュルラック。

すっかり忘れたつもりだった、早く忘れてしまいたかった……十三年経っても忘れられなかったその名前。

それを噛み締めるように口にしたのをきっかけに、心は過去に戻っていた。

*

九歳のガキは決して大人じゃないが、大人が思うほど子どもでもない。

両親は二人ともAランク冒険者で、各地の魔獣の討伐に飛び回っている。そんな家庭の事情もあって、俺は人より大人びた子どもだっただろう。

両親が長く家を空けるときは、金を払って孤児院に泊まりにいき、孤児院の雑事を手伝ったり、街で簡単な仕事をして小遣いをもらったりしながら両親の帰りを待つ。

爺さんに連れられて孤児院に来たアーサーとも、貴族と平民の垣根を越えて遊んだりする。

元兵士だという隻眼の院長と、厳しくも優しい白髪のシスターがいる孤児院は、貧乏であっても安全で、九歳の頃の俺は大人に守られてぬくぬくとした日々を送っていた。

突如として日常が崩れたあの日までは。

「……どこにでもある、ありふれた話なんだけどな。冒険者の夫婦がAランク魔獣の討伐に向かったらそこにいたのは変異種で、母さんを逃がすために囮《おとり》となった父さんは死亡。逃げてきた母さんも傷が深くて、他の冒険者に情報を伝えるなり気を失って、そのまま」

「そうか」

変わり果てた姿になった母の耳から、形見としてピアスを抜き取った。

囮として残ったという父さんは、おそらく魔獣に食われてしまったのだろう。ぼろぼろになった装備品の一部が幸運にも後日見つかったから、母と一緒に墓に埋めた。

そうして俺は、一人になった。

「両親を見送ってしばらく経った頃、孤児院に貴族が訪ねてきた。例の依頼を出した貴族で、変異種と知りながら嘘の依頼を出したんじゃないかなんて疑惑もあったけど、真相はわからないままで。その日は、亡くなった冒険者夫婦の遺児である俺に、金貨一枚の弔慰金を渡しに来たらしかった」

孤児院を訪ねてきたその貴族の顔は、今でもはっきりと覚えている。

きっちりと後ろに撫でつけられた青色の髪。片眼鏡越しに俺たちを睥睨《へいげい》する同色の瞳。父母と同年代くらいに見えるのに眉間の皺はくっきりと深く、口角は不機嫌そうに下がっていた。

雨上がりのあの日。孤児院の地面は水たまりだらけででこぼこしていて、その貴族はわずかな泥で汚れた靴に、ひどく苛立っていたのだろう。

高圧的に院長を呼びつけて、手にしたステッキを乱暴に地面に叩きつけながら、しばらく何かを話していたけれど――今にして思うと、俺を呼び出せと院長に求めていたのだと思う。

院長に呼ばれた俺が警戒しながら近づくと、全身を舐め回すように見つめたのち、ひどく不愉快そうに鼻を鳴らした。

『女なら使ってやろうと思ったが、美童とはいえ男ではな。無能な冒険者の遺児に金貨一枚も支払うなど、馬鹿げた制度としか思えんが』

そう言った貴族が指を鳴らすと、後ろに控えていた従者がうやうやしくハンカチを捧げ持つ。

……幼かった俺の視線からは見えなかったが、従者が差し出した艶やかなハンカチの上に、金貨が置かれていたのだろう。つまらなそうにそれをつまみ上げた青髪の貴族は、冷たい目で俺を見下ろすと、無造作にそれを投げ捨てた。

ぴかぴかに磨かれた貴族の革靴から横合いに数歩、俺が立っている場所からはかなり離れたところにある、雨上がりのぬかるみの中に。

『貴様の両親が最期に稼いだ過分な褒美だ。ありがたく取っておけ』

その言葉を最後に青髪の貴族は身を翻し、悔しげに顔を歪《ゆが》めていた院長も、見送りのためにいなくなった。

そして残されたのは立ち尽くす俺と、両親を弔う気持ちなど微塵《みじん》もないまま、ぬかるみに落とされた弔慰金。

俺が憧《あこが》れた強く優しい父さんと、美人だけど怖い母さん。その二人の死と引き換えに寄越された、手のひらに収まるちっぽけな貨幣。

地に落ちて泥にまみれ、それでも嫌になるほど輝いていた憎らしい金貨。

――拾いたくないと、強く思った。

悔しくて。憎らしくて。腹が立って仕方がなくて。

九歳の俺にとってほとんど世界のすべてだった両親が、こんな物に変わってしまったのだと信じたくなくて。

命懸けで魔獣と戦った両親を無能だと侮辱した貴族の金なんて、絶対に受け取りたくなくて。

……それなのに、その金貨一枚さえあれば、孤児になった自分が数年は暮らしていけるのだともわかってしまって。

たった金貨一枚なんていらないから、俺の両親を返してくれ、と。

そう叫ぶ自分の頭の片隅で、金貨一枚もあれば稼げるようになるまで暮らしていけると、浅ましく計算する自分がいる。

たった金貨一枚ごときと、馬鹿にするなと言いたい自分の気持ちとは裏腹に、孤児の現実が金貨一枚は大金だと告げてくる。

そうしてどれくらい葛藤していただろう。

ひゅうひゅうと鳴る自分の呼吸をひどく耳障りに感じつつも一歩も動けず、金貨から目を離すことさえできずにいて。

やがて、身が引き裂かれるような気持ちを味わいながら、俺は這いつくばって金貨を拾った。

ぬかるむ地面に膝をつけて、両手を泥の中に突っ込んで。茶色の水たまりの中で金貨の表面を撫でさすって、できる限り泥を落として。

泥がこびりついてもなお光り輝く金貨とともに、無力な自分を握りしめた。

「そのときの金貨がこれだ。Sランク冒険者になって、『金の勇者』なんて称号ももらって、金貨だって見慣れるくらいには稼いできたけど、――なんか、これだけは、手放せねえんだよな」

金貨を一度強く握って、ゆっくりと手を開いていく。

あの日、泥にまみれた金貨を拾った無力な手は、今では大きく強くなった。

一心不乱に鍛錬を重ねて、柔らかな手には剣だこができ、当時の両親よりも強くなって。Aランク魔獣の変異種だって、俺にとってはもう敵じゃない。

……でも、この金貨に触れるたびに、あの日の無力感を思い出す。

金貨一枚の価値もないと言われてしまった、父と母のことを思い出す。

そして『いつかうなるほど金を稼いで、たった金貨一枚だと言い切ってやる』と――悔しさを握りしめてそう誓った日のことを思い出す。

「泣くな」

俯いた俺の頭にディノの大きな手が乗って、ぎこちなく髪をかき混ぜた。

少し躊躇《ためら》うような、それでいて何かを確認するかのような……顔を上げたら『慰めるときはこうするんだろう?』と聞いてきそうな、遠慮がちな撫で方だ。

ずっとソロだったせいなのか、ディノの距離感はときどきおかしいし、頓珍漢《とんちんかん》なときもある。

それでも、本人は至って真剣に慰めようとしているのが伝わってくるから、くすぐったさに小さく笑った。

「泣いてねぇ。もうガキじゃねぇし、今さら泣かねえって。ただ……」

「ただ？」

ただ、そう、思い出しただけだ。

Aランク魔獣の変異種。あの貴族が治めている領地。

金貨一枚を這いつくばって拾うしかなかった九歳の俺と、最低でも金貨五枚と聞いて膝を折りそうになっていたオッソ村のガキども。

……心を平静に保つには、重なるものが多すぎる。

ヨーゼフ・ファン・ジュルラックがどんな領主なのか、俺が知っていることは多くない。

それでもわずかに知っているのは、依頼内容を偽った疑惑が何度もかけられていることと、オッソ村の村長が助けを求めても取り合わなかったこと。

アーサー曰《いわ》く、王家にかなりの額を貢いでいる金満貴族の一人で、筋金入りの国王派であることくらいだ。

……弔慰金をぬかるみに投げ捨てるような男だからわかってはいたが、クズなほうの貴族で間違いない。

——なんの因果かはわからないが……。

続きを促すように俺を見つめるディノに視線を返し、敢えて不敵な笑みを浮かべた。

少し感傷に浸ったけど、いまさら昔のことで泣いたりはしない。

俺はもうこの国随一のSランク冒険者で、九歳の無力なガキじゃない。

「ディノは、運命って信じるか？　……この金貨を投げつけた貴族が治める領地なんだ、ここ」

息をひそめるようにして囁き、わずかに見開かれた金の瞳を覗き込む。

不敵な笑みを浮かべたつもりだったのに、金貨と同じ色をしたディノの瞳には、泣き笑いめいた表情の俺が映っていた。

13

今回の件に関する領主の失策は、数えきれないほどたくさんある。

花街で遊び呆《ほう》けている騎士たちを黙認したこと。迷宮が発生してしまったのに冒険者に払う依頼料をケチり、ろくな装備もない兵士たちに対処させようとしたこと。オッソ村を変異種のサーベルタイガーが襲うようになったのに、村長の訴えに耳を貸さなかったこと。

たとえばこの地を治めているのがアーサーの爺さんだったら、決して犯さなかっただろう失策だ。

……魔獣専門の討伐隊を自ら作り、領内を巡回させているようなお方と比べるのは、かえって失礼かもしれないが。

「さっき両親のときの疑惑について少し話したけど、嫌疑についてはあれからも何回もかけられてるみたいなんだ」

両親は偶然変異種と遭遇したのか、あるいは変異種と知りながら通常種として出された依頼を信じたばかりに、命を落とすことになってしまったのか。二人とも死んでしまった今となっては真相はわからないし、依頼主であるヨーゼフ・ファン・ジュルラックが依頼を偽ったという証拠もない。

だが、ヨーゼフ・ファン・ジュルラックは、弔慰金の金貨一枚さえ出し渋るような男だ。

冒険者ギルドに依頼すべき迷宮の対処でさえ、依頼料が必要ない私兵を使おうとしたり、紫のサーベルタイガーが現れたという訴えを無視したりする。そうして最低限必要な金をケチるような男だからこそ、依頼料の節約を考えてもおかしくないと思ってしまうのは疑いすぎだろうか。

Aランク魔獣の依頼料と、その変異種の依頼料の差額は金貨四枚。

だが依頼者が申告した情報が違っていても、故意でなければ罰則はなく報酬の差額の支払いも求めないと、冒険者ギルドは定めていた。

魔獣を見分けるのは素人には難しく、魔獣の姿を見た上で生きて戻るのは容易ではないからこそ、定められた規則だというが――依頼を偽ったことさえバレなければ、その差額は金貨四枚。弔慰金は二人で金貨一枚だから、死者が八人までだったらお釣りがくる。

そんな非道な計算のもとで、ヨーゼフ・ファン・ジュルラックが偽りの依頼を出し続けていたとしたら？

依頼者を萎縮《いしゅく》させないための冒険者ギルドの規則を悪用して、依頼料が安く済むように立ち回っていたとしたら？

すべてただの憶測で、証拠と呼べるものは何もない。

この領地で死ぬ冒険者は他と比べて多いとは聞くが、その関連性もわからない。

だが、両親の死から今に至るまで、十年以上にわたって何度も疑惑が持ち上がっているとなると、真相を確かめたいという思いが湧き上がってくる。

「なるほどな。殺すか？」

「真顔で何言ってんだよ！　殺さねーよ！　嫌疑はかけられていても証拠はねーし、俺の両親の件については、冒険者としての力量不足もあっただろうし……」

「だが、レンは傷ついたんだろう？」

ディノが不思議そうに首を傾げた動きに合わせて、黒の長髪がさらりと揺れる。

金色の瞳が月明かりにきらりと輝いて、それに一瞬目を奪われながら、胸元の金貨をそっと握る。

――傷ついた。

そうだ、俺は、傷ついていたんだ。

大好きな両親の死を軽く扱われたことに。

幼い俺の世界の大部分を占めていた両親が、たった一枚の金貨に変わってしまったことに。

ぬかるみに落とされた憎らしい金貨を、拾わなきゃ生きていけなかった弱い自分に。

こんなにも長く、深く……自分が傷ついたということすら簡単には認められないくらいに、傷ついていたんだ。

「っふ。はは。物騒だな」

俺が傷ついたなら殺せばいい。そう本気で考えていそうなディノの表情に、霧が晴れたような心地がした。

そうだ、難しく考える必要はない。

殺せばいいとまではさすがに思わないけど……、疑わしいことが重なったなら、真相を確かめたいと思ったなら、まずは確認すればいい。

そして、もし本当にやつが悪さをしていたなら、有無を言わせないような証拠を集めて、眼前に突きつけてやればいい。

俺はもう無力なガキじゃないし、ちょっと過激で頼もしいバディもいる。

きっと何かはできるはずだ。

「ありがとな。なんかちょっと、整理できてきた」

「礼を言われるようなことはしていないが。殺せばもっとすっきりするのではないか？」

「だから怖いって。疑惑があるだけで無実って可能性もあるし、まずはちゃんと確かめてみねーと」

「ほう、証拠集めか。考えはあるのか？」

「……う。それはまだ」

ディノの視線から目を逸らして、眼下にあるオッソ村に目を向ける。

夜に明かりを灯す余裕などなさそうな村なのに、四方に篝火《かがりび》が燃やされているのは、サーベルタイガーを恐れてのことだろう。

領主館は西の山に隠れて見えず、北には街道を呑み込んだ迷宮がある。そのためオッソ村のほかには人の気配は感じられず、世界が森に呑まれたかのような錯覚に陥った。

「いっそサーベルタイガーが領主館のほうを襲ってくれれば、領主がどう依頼を出すかわかるんだけどなー」

サーベルタイガーの変異種の討伐を依頼してきたらシロ。

変異種であることを隠して、サーベルタイガーの討伐を依頼してきたらクロだ。

通常種のサーベルタイガーは、オレンジと茶のまだら模様。毒持ちの変異種は紫と黒の毒々しい色合いだから、見間違いというのはまず有り得ないし、わかりやすくていいと思う。

――痛めつけて威圧すれば、領主館のほうに追い立てることはできるだろうけど……。

問題は領主館に出る損害だ。

どんなお屋敷かは知らないけど、領主だけで住んでいるはずがないし、それなりに多くの人が働いているはず。

いくら疑惑を確かめるためと言っても、そこで働く人に犠牲が出るのはいただけない。

「なるほどな。一つ依頼を偽った証拠が得られれば、過去の件についても追及できるわけか」

「そうだといいな、ってくらいだけどな。過去の真相がわかるような証人か証拠が、芋づる式に出てきてくれないかなと」

「……紫のサーベルタイガーに、領主館を襲わせればいいんだな？」

「さっきはそう言ったけど、やっぱなし。誰かが怪我したり死んだりしたら取り返しがつかないし。何か他の方法を考えねーと」

とりあえずサーベルタイガーを倒して、街道を呑み込んだ迷宮を踏破してから、領主館に行ってみるか？

今まで何度も疑いを持たれても証拠を掴ませていないわけだから、直接話しただけでボロを出す可能性はかなり低いけど。

領主館に忍び込んで証拠を探すか？

……戦うのは得意だけど、調査っぽいことはうまくできる気がしない。そもそも普通に犯罪だし、見つかったら俺が捕まってしまう。

あとは……なんだ？　どんな方法がある？

どうしたら証拠を掴むことができる？

「つまり、領主館に現れるサーベルタイガーが、人間を襲わなければいいんだろう？」

「はは。そんな夢みたいなことができたらいいけどなあ」

「できると言ったら？」

「は？」

「私なら、紫のサーベルタイガーを一時的に使役できる、と言ったら？」

唐突な言葉にディノの顔をまじまじと見つめ、何度もまばたきを繰り返す。

ぼんやりとした銀の月に照らされた白皙《はくせき》の美貌と、闇よりも深い色をした髪。形の良い切れ長の瞳を金色に輝かせて、ディノがまっすぐに俺を見返してくる。

——サーベルタイガーの変異種を、一時的に、使役……？

それはつまり、テイマーが魔獣を使役するのと似たようなものなのだろうか。

特殊な適性を持つ者が魔獣を使役できるのは知っているし、それを利用した高価な魔鴉《まがらす》便も、数回だけ使ったことがある。

だが、使役できる魔獣はかなり格下の弱い魔獣だけというのが通説だし、サーベルタイガーなどはもちろんそれには当てはまらない。Aランク魔獣を使役するなんて聞いたこともない。

――ディノほど強ければ、サーベルタイガーも遥《はる》かに格下だから可能なのか……？　だが、一時的な使役って……？

テイマーが魔獣を使役するときは、己の持つ魔力を対価にして、魔獣が死ぬまで続く契約を結ぶはずだ。

もし途中で解除できるような契約にすると、怒った魔獣に報復されるからだと聞いたことがあるが……ディノの言う一時的な使役は、それには当てはまらないのだろうか。

「ちょっといろいろわかんねーんだけど、まずそれって、ディノに副作用とか代償とかは」

「ないな」

「それなのにサーベルタイガーなんて強い魔獣が使役できるのか？」

「一時的なもので、方法の詳細は明かせないがな」

「そりゃそうだろうけど……使役をやめた瞬間、魔獣に報復されたりは」

「無論ある。……だが、不本意な隷属に怒り狂った魔獣の相手も愉しそうだろう？」

ディノがゆるりと唇を吊り上げ、わざとらしく小首を傾げた。

薄ぼんやりとした闇が濃さを増してまとわりついて、ディノの金の瞳が妖しく輝く。色づく唇から白く鋭い犬歯が覗き、赤い舌がちろりとそこを湿らせていく。

その魔性の美しさに、危うく呑み込まれてしまいそうになりながら、手のひらに爪を立てて必死にそれに抗《あらが》った。

*

作戦の概要はこうだ。

まずここオッソ村に出るという紫のサーベルタイガーを痛めつけ、ディノが特殊な魔法で一時的に使役。

『人的被害は出さないように領主館を襲え』という指示を出して、俺たちはすぐに街道を呑み込んだ迷宮を踏破。

とんぼ帰りで王都に戻って、ヨーゼフ・ファン・ジュルラックが出すだろう討伐依頼の内容を確認。

偽りがなければそれでいい。だがもし、依頼内容を偽ってサーベルタイガーの通常種で依頼していたら、領主館に乗り込んで証言や証拠を押さえたい。

——そのためにはまず、ディノの言う特殊な魔法を成功させなきゃな。

村を結界で守りつつ、少しずつ迷宮の魔獣を倒しながら待ち続けたサーベルタイガーを前に、乾いた唇をぺろりと舐めた。

紫と黒の体毛に覆われたしなやかな体躯。牙の並んだ口から滴るどろりとした猛毒の体液。

しゅうしゅうと音を立てて草を枯らしていくそれを浴びれば、か弱い人間などひとたまりもないだろう。

濁ったオレンジ色の瞳はぎらぎらと光り、俺たちに狙いを定めていた。

「そんなに涎《よだれ》を垂らされても、味見はさせてやれねえなあ」

ゆうゆうと近づいてくるサーベルタイガーに笑いかけ、鞘からすらりと剣を抜く。

早くも詠唱を始めたディノを守り、サーベルタイガーの毒を浴びないように気をつけながら、殺さない程度に痛めつけるのが俺の役目だ。変異種とはいえたかがAランク魔獣、大して難しいことではないが……あばらが浮くほどやせ細った姿を見ると、少しだけ憐《あわ》れに思いもする。

――迷宮の虫どもにすみかを奪われ、代わりに狙いを付けた村には俺たちが現れ、だもんなあ。

単体で強いのはサーベルタイガーだが、迷宮を支配していたのは軍隊じみた動きをする巨大な蜂どもだった。魔法が使えるなら大して苦戦するような相手ではないが、牙と爪を武器とするサーベルタイガーには向かない相手だ。

おそらくそのせいで、サーベルタイガーは虫どもに敗北してすみかを追われ、食いでのある餌を探して森をさまようようになったんだろう。

そしてようやく、柔らかな肉たちが暮らしている無防備な村を見つけ出したのに、俺たちがそこに現れた。

見た目は柔らかな肉たちと同じなのに、強大な魔力を秘めた者たち。村全体を覆う結界を張ったときのディノの魔力を、サーベルタイガーは敏感に感じ取ったことだろう。

そして、己では敵わない相手だと本能で悟ったことだろう。

だからこれまで何日も、見つからないように息をひそめて、空腹に耐えて待ち続けて——何日経っても去る気配のない俺たちに焦《じ》れて、まだ明るいうちから戦いを挑みにやってきたのか。

ぐるるると喉奥《のどおく》で唸《うな》り、涎を垂らしたまま身を低くするサーベルタイガーをじっと見つめ、ふっと息を吐き出した。

初撃は俺から。

身体強化をかけて一瞬のうちに間合いを詰め、剣先で鼻に斬りつける。

深くは傷つけないように気をつけながら、浅く、速く。素早く飛びかかってくるサーベルタイガーをいなし、躱し、受け流しながら、逆に傷を負わせていく。

ディノのとろけるような美声で奏でられると、ただの詠唱が舞踏会の音楽のようだ。

それに合わせて踊るように牙を躱し、剣の腹でぶっ叩き、腹を蹴りあげてから舞うようにして距離を取る。

——やばい、ちょっと楽しくなってきた。

戦闘狂はディノ一人で充分なのに。

敢えて魔獣を痛めつけるような趣味もねーのに。

ディノの魔力の高まりを感じてにやりと笑い、サーベルタイガーに頭から水をぶっかけて、危険な毒液ごと凍らせる。

もちろん完全に凍らせたら死んでしまうから、牙と爪とを封じるだけだ。

地面にも白く霜が降り、冷気がそわりと足元をくすぐる。その霜をぱきぱきと靴の底で踏み折りながら、ディノが一歩ずつ近づいてくる。

「待たせたな」

「おう！」

肩にかかった手に笑みを浮かべて振り向いて、目にしたものにそのままかちんと動きを止めた。

夕日を浴びて赤みを増した唇に、輝きを増した金の瞳。ディノの魔力の昂りを示す、金の混じった美しい黒髪。

それらはいつもと変わらないのに、その顔にはあるべきものがない。常にディノの顔半分を覆っていた無粋な眼帯が外されて、完璧な造形美が惜しげもなく陽の下に晒されている。

いつかディノが言っていた通り、その顔には少しの傷もない。

右の瞼《まぶた》は閉じられていて、その色を見ることはできないが――息を呑むほどの美しさにぽかんと口を開けた俺の目を、ディノの大きな手がそっと塞いだ。

「目を閉じて、しばらく休んでいるといい」

頬を重ね合わせるようにして、耳に吹き込まれた低い声。しゃらりと揺らされた右耳のピアス。脳髄をとろけさせるような蠱惑的な声。

それに跳ね回る心臓を胸の上からぎゅっと押さえて、きつくきつく目を閉じた。

――動揺すんな、俺……！

ディノの顔が良すぎることは、眼帯をしていてもわかってただろ！

やたらと距離が近いのも今に始まったことじゃないし、魔性ぶりも知ってるし。バディとしてこんなに馴染んできたのに、いまさら素顔を見たくらいで動揺するなんておかしいだろ！

力の抜けた足でずるずるとその場にしゃがみこみ、目を閉じたまま両手でパチンと頬を叩く。

赤らんでひりつく顔をしっかりと覆って、細く長く息を吐いた。

14

ディノが使役したサーベルタイガーをオッソ村から追い払い、街道を呑み込んだ迷宮を二人でさっさと片付けた。

統率が取れている人と同じくらいの大きさの蜂は、そこらの兵士たちでは手に負えないだろうけど、俺とディノの敵じゃない。雑魚ばかりの戦いが数日続き、焦れたディノが森ごと燃やしそうになったほかは大して困ったこともなく、迷宮の王として君臨していた女王蜂を屠って終わった。

そうして王都にとんぼ返りして、迷宮とサーベルタイガーについての報告を俺たちが行っていたまさにそのとき。

荒くれ者ばかりが集まる冒険者ギルドには不釣り合いな、お上品なお仕着せを着た壮年の男――ヨーゼフ・ファン・ジュルラックの使いの者がやってきた。

耳に身体強化をかけて盗み聞きをしても、男がどういう役職にあるのかはわからなかったが、高額な依頼料を預かるくらいだからおそらく腹心の一人なのだろう。

笑みを浮かべているのに相手を見下しているとわかる高慢な顔つきで、その男が懐から革袋を取り出す。

「ジュルラック領に現れたサーベルタイガーの討伐依頼を。相場は金貨一枚とのことですが、緊急ですので倍額の二枚で依頼いたします」

相場の倍。それも金貨二枚。

破格に聞こえる内容に低位の冒険者たちがざわめくが、高位の者たちは静かなものだ。

怪しむような訝《いぶか》しむようなその視線の意味は、たった今ギルドを訪れたばかりの男にはわからないだろうが、俺はもちろんよく知っている。

まず事実として、オッソ村のガキどもが紫のサーベルタイガーについて騒ぎ立てたのはつい最近。俺とディノが戦ったが逃げられたと報告したのは、ほんの数分前のことだ。

同じ領地に、同時期に出たサーベルタイガー。

しかしながら、ガキどもと俺たちが見たのは紫の変異種——金貨五枚が妥当な相手だったにもかかわらず、この男は色については何も言及せず、通常種の相場を元に討伐依頼を出している。

もちろん、同じ領地に同時期に、二匹のサーベルタイガーが現れることもなくはないだろう。

だが、その可能性は限りなくゼロに近い。

グリフォンのように同種が番でいたならともかく、変異種と通常種とは完全なる別種。格上の変異種の縄張りを通常種がうろつくとは考えにくい。

　となると、どちらの依頼も変異種のサーベルタイガーを指していると考えるのがよほど自然だ。

だが、もしもこの男が偶然サーベルタイガーの色を見間違えて、誤って通常種で依頼を出したのだとしたら、冒険者としては大損だ。

　通常種の相場の倍と言われても、紫のサーベルタイガーの討伐としては報酬がまったく見合っていないし、猛毒で命を落とす危険だってある。

　それなりに経験豊富でまともな冒険者なら、警戒してしかるべき案件だろう。

「かしこまりました。緊急とのことですが、出没箇所や被害状況を教えていただけますか」

「場所は栄えあるジュルラック領の領主館です。人的被害はまだありませんが、数日前に鶏を数羽、私が出発した後に馬が一頭やられたようです」

　続けて男が告げた詳細を耳にして、口笛を吹きそうになるのを懸命にこらえた。

　サーベルタイガーを一時的に使役したディノが下した命令は、『西の山を越えたところにある最も大きい建物を襲え』というもの。

　ただし『鶏や馬、家畜の類は襲ってもいいが人は襲うな』『人に見られるよう立ち回りつつ、見られたらすぐに逃げること』という条件付き。

　ディノとあらかじめ話し合って、紫のサーベルタイガーの仕業であることを目撃させつつ、金銭的被害と精神的な恐怖のみを与えるような指示にしてもらったが、まさか本当にサーベルタイガーが指示に従うとは。

ディノはできないことをできるとは言わないだろうとわかっていたけど、改めて感嘆してしまう。

Aランク魔獣の変異種に対して、本能をねじ曲げるような命令を聞き入れさせるなんて、本当にどんな魔法なんだか——一緒に長く過ごすうちにディノの強さには何度も舌を巻いたけど、いよいよ人間離れして思える。

下手すると、最強と名高い『黒夜の魔王』よりも、ディノのほうが強いんじゃないか？　なんて有り得ないことまで考えてしまう。

「お前、マジですげーな！」

男には聞き取れないようにひそひそとディノに話しかけると、当の本人はほんのりと得意げな笑みを浮かべていた。

＊

依頼を受けるなりすぐに向かった領主館は、息をひそめるような静けさに満ちていた。

すべての部屋のカーテンがぴっちりと閉められ、一階の窓や出入口のほとんどに板が打ち付けられている。正面玄関だけは景観を重視してか一見すると普通だったが、扉の内側には太い閂《かんぬき》が取り付けられていた。

おそらく、万一冒険者が来る前にサーベルタイガーに襲われても、しばらく籠城《ろうじょう》できるようにと考えたんだろう。貧しいオッソ村では篝火を燃やすくらいしか対策できていなかったが、さすがは領主館といったところか。

使いの男が屋敷に入るまで見届けると、隣に立つディノに目配せをした。

「気配は感じるけど、間違いなくあいつか？」

「ああ。例の変異種で間違いない」

「やっぱそうか」

通常種のサーベルタイガーはオレンジと茶のまだら模様で、毒持ちの変異種は紫と黒の毒々しい色合い。しかも家畜まで襲われているのだから、あの日ぼたぼたと毒液を垂らしていたように、なんらかの毒の痕跡《こんせき》が残っていたはず。

すべて見間違いや勘違いで片付けるのは不自然だし、こうして気配を探っても、この近くで感じるのは変異種の気配だけ。

……これでまったく別の通常種が出たという可能性はなくなって、ヨーゼフ・ファン・ジュルラックが依頼を偽っている可能性が高くなった。

あとはそれが故意であったこと――紫のサーベルタイガーが現れたと知りながら、それをギルドに隠していたことが証明できればいいんだが。

「命令はいつまで効いてるんだっけ？」

「明後日の夕刻までだな。その後は元の凶暴さに戻って、人間たちを襲うだろう。……しばらく本能をねじ曲げられていた反動は、どれほど大きいのだろうな？」

深く被った外套の下で、ディノの唇がこの上なく優美な弧を描く。

もし外套を少しめくって覗き込めば、まるで恋をしているかのようなうっとりとした顔が見られるのだろう。

きっと見る者すべての心臓を止めるような、壮絶な色気を放っているんだろうな――と呆れにも似た気持ちを抱きつつ、敢えてディノの外套をめくった。

途端にあらわになる美しい顔立ち。

なめらかな闇のような黒髪が白い肌を縁取って、長い睫毛の下で金色の瞳がきらきらと輝く。わずかに赤みを増した頬に、魅惑的な赤い唇。至高の芸術品めいたその容貌《ようぼう》に囚《とら》われそうになりながら、視線を絡めて獰猛に笑った。

「そんなの、俺たちにとっちゃ望むところ――なんだろ？」

「ああ。少しは歯応えがあるといいが」

「出た出た戦闘狂！」

うっすらと凄みのある笑みを浮かべたディノの肩を叩き、サーベルタイガーを探しているフリをするため裏手の山に足を向ける。

ひとまず山中に潜んで魔獣を探しているフリをして、明後日の夕方に『通常種のサーベルタイガーはどこにもいなかった』旨を報告するか。

せっかくギルドから映像を記録する魔導具も借りてきたんだし、そのときにボロを出してくれるといいんだが……。

一度も忘れたことのないヨーゼフ・ファン・ジュルラックの顔を思い浮かべ、十三年分老けさせてみる。

九歳のガキにとっては見上げるほど大きい男だったが、今の俺にとってはどうだろうか。片眼鏡の向こうにあった冷たい青の瞳に、虫けらを見るようなあの視線に、もう竦まずにいられるだろうか。

ディノが作り出してくれた千載一遇のチャンスだから、どうにかしてものにしたいけど――たった一枚の金貨ごときと、言ってやる機会はあるだろうか。

胸元の金貨を握りしめた俺のピアスを、ディノの指先がくんと引っ張る。

母がいつも身につけていた、父の目の色をしたピアス。母の形見であるそれを指でしゃらりと弄ばれて、動揺を隠して眉根を寄せた。

「いって、なんだよ」

「揺れているから、気になってな」

「そりゃ歩いてっから揺れるけどな。びっくりするから触る前にそう言えよな⁉」

「きらきらして、綺麗だな」

ピアスのついた耳をそわりと撫でて、その近くの髪をくしゃりとかき混ぜて。

ふわりと笑ったその顔は相変わらず目に毒なほどの美しさだけど……きらきらして綺麗なのは、このピアスのことなのか。俺の髪のことなのか。

揺れるピアスに触れたのはほんの一瞬で、その後はずっとふわふわと髪を撫でられてるんだが。

むずむずして落ち着かないくらいに優しい仕草で、ディノの長い指が髪の間をそっとすり抜けていくんだが。

——いくらバディって言っても、ちょっと近すぎるんじゃねぇの……？

ディノに触られるのは嫌じゃないし、髪を撫でられるのは気持ちいい。

だが腐れ縁のアーサーともしないような触れ合いが多くて、照れるっつーかなんつーか。

ディノ自身、見た者の魂を奪うような美貌の持ち主なのに、俺に惚《ほ》れられたらどうしようとは考えないんだろうか。

ほんのりと微笑みを浮かべて俺を撫で続けるディノをじっとりと見つめ、赤くなる頬を隠すように俯いた。

顔が熱いのは日差しのせいに違いない。

耳がひどく敏感になっているのも、ディノの指がときどき掠めていくせいだ。それ以上でも以下でもない。

そう自分に言い聞かせていた俺は、気づかなかった。

さっきまで感じていた不安が、綺麗さっぱりなくなっていることに。

俺を見つめるディノの瞳が、この上なく優しい色を宿していたことに。

どこまでも柔らかく俺に触れる指先に動揺しすぎていた俺は、まったく気がついていなかった。

15

二日ぶりに訪れるなり、諸手《もろて》を挙げて迎えられた領主館。カーテンを閉め切っているせいで薄暗い屋敷の応接室で、気配を消したディノと二人でソファーに座る。

目の前には、十三年ぶりに目にしたヨーゼフ・ファン・ジュルラック。

キザったらしい片眼鏡も、きっちりと撫でつけた青髪もあのときのまま。昔も神経質そうだった顔立ちにさらに深く皺を刻んだ壮年の貴族が、苛立ちを込めた瞳で俺を見る。

かつての虫けらを見るような視線ではないのは、俺がもうただの孤児ではなく、国王に二つ名を与えられた『金の勇者』となったからか。

俺の何かが変わったわけでもないのにな——と冷えそうになる視線を隠して、敢えて爽やかな笑みを浮かべた。

ヨーゼフ・ファン・ジュルラックの脇に控えているのは、先日ギルドに依頼を出していた腹心らしき男。執事なのか家令なのかはわからないが、きっちりとしたお仕着せを着て、その手でうやうやしく高そうなトレイを捧げ持っている。

……もしかしてこの男は、十三年前のあのとき、金貨を載せたハンカチを捧げ持っていた従者なのだろうか。

ふと湧いた疑問に記憶の中を探ったけど、男の容姿までは覚えていなくて、静かにそのトレイに目を向けた。

そこにあるのは、たった一枚の金貨——ではなく、魔獣討伐の依頼書だ。

おそらく俺たちが依頼達成の報告に来たと思って、あらかじめ書類を用意しておいたのだろう。

残念ながら、俺たちは依頼を達成していないわけだが。

『金の勇者』をもってしても新たな被害を食い止められないとは。当然だが、あの日以降の損害額は依頼料から割り引かせてもらうぞ」

「そのご依頼の件ですが。二日間くまなく探した結果、仰《おつしや》るような魔獣はこのあたりにはいないようです」

「そんなはずはない！　昨日もまた鶏を毒でやられているんだぞ！」

「毒、ですか？　サーベルタイガーは毒を持っていないはずですが」

不思議そうな顔を作って首を傾げ、内心でにんまりとほくそ笑む。隣ではディノが魔水晶でこっそりと録画をしているが、もちろんそちらを見ることはしない。

——まずは、一つ。

家畜が毒でやられていることを知りながら、ヨーゼフ・ファン・ジュルラックも代理の男も、それを申告しなかった。

その事実を押さえられたことに目を細めて、二人の反応をじっと観察する。

失言を悟ったヨーゼフ・ファン・ジュルラックが腹心の男に視線を向け、男が青ざめて首を振る。

その合図の意味するところはわからないが、これでは後ろ暗いことがあると自白しているようなものだろう。

民から搾り取った金で国王に貢ぎ物を繰り返し、かなり高い地位についているとアーサーが話していたけれど――『金の勇者』とはいえ平民だと侮っているのか、それともそもそも腹芸がなっていないのか。

あの日はそびえ立つ壁のように感じたその身体が、今では貧相で情けなく見える。

「……そ、それは初耳だ。毒でやられたと報告を受けてはいたのだが、なにぶん魔獣などという穢《けが》らわしい生き物は、目にしたこともないのでな」

「では、依頼内容がそもそも間違っていたということでしょうか？　毒のある別の魔獣だと？」

「どうなんだ。答えよグスタフ」

「……申し訳ございません。私が依頼する際に間違えてしまったようです」

堂々とした態度をかろうじて取り繕っている主人と、顔を青くしながらも泥を被って腰を折った使用人。……平静を装いながらもわずかに身体が震えているのは、自分が切り捨てられたことを悟ったからか。

その関係性に胸糞悪《むなくそわる》いものを感じながら、見えないように拳を握る。

さっきは腹芸がなってないと思ったが、己の保身を図ることに関しては一流と言ってもいいようだ。どうすれば己に咎《とが》がかからない形でこの場を切り抜けられるのかを考える悪知恵も。こうして部下を切り捨てる決断の速さも。

――そろそろ、だと思うんだけどなあ。

口のうまさと賄賂《わいろ》とで高い地位まで上り詰めた貴族を相手に、舌戦で勝てると思うほど自惚れてはいない。

だからこそディノと相談して、タイミングを見計らってここにやってきた。

ディノがサーベルタイガーを使役した日から、ちょうど十日後の同じ時間。ディノの特殊な魔法の効果が切れる刻限。

本能をねじ曲げられ怒り狂ったサーベルタイガーは、真っ先にそれを成した相手——ディノを狙って襲いかかってくると思ったんだけど。

おそらくそろそろ夕陽が最後の輝きを残して地に落ちて、空に星が輝き始める頃だろうに、やつはまだ現れないのだろうか。

「そんな、頭を上げてください。こちらはただ情報を整理したかっただけで、間違いは誰にでもあることです」

にこやかに、爽やかに。

内心で『それが本当に間違いならな』と付け加えながら、『金の勇者』らしい顔を丁寧に作る。

隣でわずかに空気が漏れる音がしたのは、おそらくディノが小さく吹き出したからだろう。

貴族の前だというのに外套をすっぽり被ったまま気配を消していて、対面する男たちはそれに違和感すら抱いていないようだが……これもなんらかの魔法なのか。

こうして会話しているうちに証拠となる発言が得られれば良し。

もし得られなければ、この男たちが襲いかかってくるサーベルタイガーに動揺している隙を狙う。

それでも駄目なら、気配を消したディノが屋敷に潜伏して証拠を探す。

……万一にも失敗がないようにと入念に話し合って決めたことだが、サーベルタイガーが来てくれなければ、二番目の案も失敗になる。

だが不自然に会話を引き伸ばすこともできないし……と密かに焦りを抱き始めたとき、けたたましい鐘の音が鳴り響いた。

音の発生源は屋敷の東端、本来は領地を見下ろすためにあるだろう高い塔の上。

俺たちが森でサーベルタイガーを探しているフリをしているときも、何度も打ち鳴らされていたこの鐘は、サーベルタイガーが襲撃に来たことを知らせる合図だ。

応接室にいても聞こえてくる使用人たちのざわめきが、いよいよやつがやってきたことを知らせている。

十日も本能に反した行いを強いられ、怒りでより凶暴さを増した紫のサーベルタイガーが。

それを成したディノをずたずたにするために、凄まじい速度で向かってきている。

「……失礼。様子を見てきます」

「お気をつけて」

立ち上がった腹心の男をにこやかに見送って、ヨーゼフ・ファン・ジュルラックに向き直った。

十三年前は恐ろしく大きく思えたが、成長した今では俺よりもやや目線が低い。青髪と同色の目は記憶のままだけれど、当時より顔色が悪いのはあまり眠れていないからか。それともサーベルタイガーが現れたことで、血の気が引いてしまったのか。

さっきまでは尊大な態度で脚を組んでいたが、鐘の鳴った今はどうだ。

すぐにでも逃げられるようにか腰を浮かしかけて、怯える視線を落ち着きなく揺らし、びくびくと外を気にしている。

……新人の冒険者にも劣る、胆力のない小物そのものといった風情だ。

その情けない姿を見ていると、あの日からずっと胸につかえていたものが溶けていくような心地がする。

みじめで、悔しくて、腹立たしくて……けれど、泥にまみれた金貨を拾うことしかできなかったあの日の俺が、心の中で叫んでいる。

「……依頼内容に関してですが。事前の情報に齟齬《そご》がありますと、冒険者の命に関わります。過去の例では、Aランク冒険者の夫婦が命を落としたこともあります。毒などの情報をあらかじめ聞いていれば、それに応じた用意をすることもできます。間違いは誰にでもあることですが、どうか以後は、お気をつけくださいさい」

「伝えておこう」

「では、我々はこれで失礼します。皆様の健闘を祈っております」

そう言って頭を下げて立ち上がった瞬間、凄まじい吼《ほ》え声に屋敷が揺れた。

窓を塞いでいる板とカーテンとで、外の様子を窺《うかが》うことはできないが、やつはまっすぐこちらに向かってきているようだ。

飼い主に駆け寄る飼い犬のように……だったら可愛《かわい》いのだが、実際には、己を使役した憎い相手を殺すためにだろう。

ちらりとディノに視線を向けると、外套から垣間見《かいまみ》える赤い唇が、美しい弧を描いている。

頼もしすぎる戦闘狂は、早くもうずうずしているらしい。

「待て、どういうことだ！　何故去ろうとする！」

「それはご報告した通り、ご依頼の魔獣が見つからなかったものですから。ちょうど別の魔獣が来たようですが、今度は間違いのないよう確認して依頼を出してくださいね」

何かが壊れるような音とともに窓が軋み、唸り声がすぐ近くに聞こえる。

この部屋の窓の向こう側で体当たりを続けているサーベルタイガーが、なかなか壊れない窓に苛立ちを増しているらしい。

部屋が揺れるほどの衝撃に、内側に向かってたわむ窓。

高価な一枚ガラスを使っているせいで、窓を塞いだ板が割れかけているのがよく見える。

耐えられても、あと数回が限度。

『魔獣などという穢らわしい生き物は、目にしたこともない』と語っていたヨーゼフ・ファン・ジュルラックは、すぐ間近で魔獣を目撃することになる。

もちろん俺たちには関係のないことだが――と窓に背を向けて立ち去ろうとしたとき、無様にも床を這っていた情けない男が、悲鳴混じりの声を上げた。

「ま、待て！　金なら払う！　払うからさっさと紫のアレを！」

「紫？」

「ああ、紫のサーベルタイガーだっ！　あやつの毒を受けると、馬でさえ一瞬で死に至るんだ！」

一際強い体当たりを受けて、とうとう窓が半分外れた。

外側の板はまだ割れてはおらず、サーベルタイガーの姿も見えてはいないが……次の体当たりを食らえば窓は完全に破壊され、あいつが姿を現すだろう。

長い牙と強靭《きょうじん》な爪。少しでも浴びたらその者に死をもたらすほどの、猛毒の体液を持つ魔獣。

魔獣を見たことなどないはずのヨーゼフ・ファン・ジュルラックが、何故か紫だと知っている、変異種で毒持ちのサーベルタイガー。

「まだ相手の姿も見えていないのに、お詳しいですね」

「毎日来ているんだから見なくてもわかる！　いいからさっさと剣を抜いて私を守れ！」

「紫のサーベルタイガーはAランクの変異種。それも緊急性が非常に高く、ギルドを通さない依頼となりますと……相場の金貨五枚に、いくら上乗せしていただけますか？」

口角に泡を浮かべて怒鳴る貴族に敢えてのんびりと話しかけ、未記入の契約書を取り出した。

魔獣の討伐依頼で、対象は紫のサーベルタイガー。そこまでの記入を終えてから、金額欄は空白のままでペンを止める。

がたがたと音を立てて外れかかっている窓枠と、今にも割れそうな最後の板。

それにちらりと目を向けてから、言葉にたっぷりと溜めを作り、今日一番の笑顔でにっこりと男に笑いかけた。

「まさか、たった一枚の金貨一枚や二枚……なんてことはありませんよね？」

この男が『金貨一枚も』と不愉快そうに吐き捨てながら、ぬかるみに金貨を落としたあの日。

金《かね》の前に一度は折った心と膝とをまっすぐに伸ばして、這いつくばる男を冷たく見下ろす。

弔慰金の金貨一枚さえ惜しんで国王派の重鎮にまで上り詰めたこの男が、依頼料を出し惜しんだばかりに余計な出費を強いられるのは、いったいどれほどの苦痛なのだろう。

怯え青ざめていた顔を一変させ、ひどく憎々しげな目で俺を睨んできた男に微笑みを深くしてやると、口角から泡を飛ばしながら叫んでくる。

「金貨三……いや、五枚！　五枚だ！　相場の倍額だからいいだろう⁉」

「残念ですが」

「ああ、くそ、わかった！　追加で金貨十五枚！　これで文句はないな⁉」

「ではこちらにサインを。前金は既定の二割を頂戴《ちょうだい》します」

「くそっ……！」

『こんなことをしている場合か⁉』と叫ぶより、素直に従ったほうが早いと思ったのだろう。俺が差し出したペンをひったくるように受け取った男が、金貨二十枚と書かれた契約書に目を剥いて、歯噛みしながらサインをする。

そして手元にない金貨の代わりにごてごてとした指輪を一つ俺に投げつけ、心底忌々しいと言いたげな顔で、悪態をつこうと口を開き――背後のガラスが割れる音に、ひどく情けない悲鳴を上げた。

――いいタイミングで入ってくるなあ。

隣にいたディノが風のように消え、大剣がサーベルタイガーの爪を受け止める。

契約書と指輪を確認していたからはっきりとはわからないが、おそらくサーベルタイガーは真っ先に、弱そうな男を狙ったんだろう。

サーベルタイガーから男を庇うようにディノが立っていて、剣と爪がぶつかる硬質な音とひどく悔しげな唸り声が、豪華な応接室に響いている。

ぼたぼたと垂れる毒液に高そうな絨毯《じゅうたん》はまだらに溶けて、しゅうしゅうと煙を立てていた。

割れた一枚ガラスの窓に溶けた絨毯、破れたカーテンや傷ついたソファー。サーベルタイガーに食われた馬や家畜まで含めたら、損害額はいったいいくらになるのだろう。

変異種を通常種と偽って金貨三枚をケチったばかりに、この男は大金を失ったのだ。

ざまあみろ。

「確認しましたので、こちらは心ばかりの見舞金です。たった金貨一枚ですが、何かにお役立てください」

自分の拡張鞄から金貨一枚を取り出して、男に向かって差し出したが——それは少しばかり遅かったらしい。

弱い者から狙ったサーベルタイガーに、一瞬とはいえ全力の殺意を向けられたせいだろうか。白目を剥いて失禁した男を呆れた思いで眺めながら、その手に金貨を握らせる。

一度は金《かね》の前に膝を折った無力な孤児は、金貨一枚の弔慰金に手を付けずに済むよう、必死になって剣を振るった。

そして金貨の山を築けるようなこの国一番の冒険者となり、たった金貨一枚と言って、相手に突き返してやるまでになれた。

それを深く噛み締めて、胸に手を当てて頭を下げる。

両親の形見のピアスと胸元の金貨が微かに揺れて、二人の笑顔の面影が、瞼の裏に蘇《よみがえ》る。

『レン』

「レン。先に行く」

思い出の中の両親の声にディノの声が重なって、俺もすらりと剣を抜いた。

応接室で破壊の限りを尽くした一人と一匹は、戦いの場を外に移すことにしたらしい。ぽっかりと空いた窓から飛び出して行ったディノの外套が、風に煽られて大きく広がる。

苛立ったようなサーベルタイガーの咆哮と、めずらしいディノの笑い声。喜色の滲んだその声に釣られて小さく笑みを浮かべながら、俺もディノの後を追った。

邪魔なフードを背に落とし、ディノの広い背に追いつくように、風を切るように走り出す。

わずかに青みを残した夜空。きらきらとまたたき始めた星の下で、金の混じった黒髪が踊るように広がっている。

篝火に照らされて輝く金をやけに眩しく感じながら、俺もディノも声を上げて笑った。

さすがは『金の亡者』と言うべきか。

無理な使役で怒り狂ったサーベルタイガーを私とレンとで楽しみながら倒したあと、レンは指輪と契約書を持って使用人の男のもとへと向かった。

処分しにくい指輪より金貨がいいと屋敷の金庫を空にする勢いで金銭をむしり、サーベルタイガーの魔石とめぼしい素材（毒袋と牙と爪がいい金になるらしい）を剥ぎ取って、得た儲けは全部で金貨三十五枚と少し。

レンなら一鉄貨も漏らさずに覚えているのだろうが、と考えて、そのおかしさに小さく笑った。

例の貴族の悪行の証拠を掴みたいと聞いて、その作戦を二人で練った。

賄賂と口先で生きてきた貴族の言質を取るのは簡単ではないと思われたが、命の危機を前にしては舌の滑りも良くなるのだろう。

怒り狂ったサーベルタイガーの強襲《きょうしゅう》のおかげで、あの貴族も変異種だと知っていた証拠がしっかり撮れて、さらには無情にも切り捨てられた使用人の男をこちらに引き込むことにも成功して、すべての目的を達成した——はずだった。

まさかあの場の混乱に乗じて、レンが通常の四倍の討伐報酬を巻き上げてくるとは思わない。

冒険者たちの命に関わる詐欺を働いていた貴族の罪を暴いたのは、正義感からの行動だったように思えたのだが……土壇場で意趣返しがしたくなったのか、『金の亡者』の癖が出たのか。

だが、大金を巻き上げた一方で見舞金の金貨を握らせてもいたし、オッソ村の子どもたちのことは報酬が足りなくても助けていたし、この男は本当に予想がつかない。

その本性は、『金の勇者』なのか『金の亡者』なのか。

毒気のない爽やかな顔も、弱きを助け強きをくじく在り方も、まさに『金の勇者』といった理想的な姿だというのに……ついでと言わんばかりにきっちり以上に金を巻き上げるところは、まさに『金の亡者』としか言いようがない。

法的にもまったく問題がないところを攻めているだけに、余計にタチが悪いのではないだろうか。

少し前を行く陽光を集めたような髪を眺めながら、揺れるピアスに手を伸ばす。

しかし、指先がそれに触れる前にふいにレンが振り向いて、ひどく嬉しそうにくしゃりと笑った。

「やっぱりな！　へへ、そう何度も不意打ちを食らうかってんだ」

細められた碧の瞳と、その耳元で揺れるピアス。胸元で輝く摩耗した金貨。

服装はごくありふれた冒険者のものなのに、何故こんなにもレンの笑顔は眩しいのだろう。

どうして胸がざわついて、目を細めたくなるのだろう。

よくわからない感覚にぐっと眉間に皺を寄せて、口笛を吹きながら歩みを再開したレンの背中についていく。

そうしてしばらく下町を歩くと、子どもたちの声が響き渡る崩れそうな孤児院が見えてきた。

「オッソ村のガキども、集まれー」

「！　勇者の兄ちゃん！　……と、黒い人……」

ここで暮らしている孤児たちと『足りない分の代金は身体で返せ』とレンに言われてここに来た、オッソ村の少年たち。

詳しい事情を説明する時間も惜しんでオッソ村に向かったから、こうして会うのは久しいが、どうやら彼らは彼らなりにうまくやっていたらしい。

どの子もみんな手に箒《ほうき》や雑巾《ぞうきん》を手にしていて、髪や頬が煤《すす》で汚れている。

こうしていると、どこまでが孤児でどこからがオッソ村の子どもかわからなくなるが、レンはしっかりと見分けがついているらしかった。

「よし、全員いるな！　お前らに仕事だ！」

そう言ってにかっと笑ったレンが指したのは、私たちの後ろについてきていた数台の馬車と冒険者たち。

何人もの見知らぬ大人たちと、レンの相棒ではあるが怖がられている私を前にして、子どもたちが押し黙る。

救いを求めるようにレンを見て、馬車や私のほうに目を向けて、またレンを見て――村はどうなったのか、仕事とはなんなのか、聞きたいのに勇気が出ないと言いたげな仕草を目の当たりにして、レンがいたずらっぽい笑みを浮かべた。

「あっちにいるのが商人のトットさんとその護衛の冒険者。お前らにはトットさんの手伝いをしながら、ある村に荷物を届けてもらう」

「ある、村……？」

「ああ。お前たちもよく知っている、魔獣の被害を受けた村だ。手伝いの主な内容は道案内で、向こうに着いたら仕事は終わり。もうここには帰ってこなくていい」

オッソ村の子どもたちの口がぽかんと開いて、周囲にいた孤児たちが心配そうにそれを眺める。

彼らが道案内できるほどよく知っている、魔獣の被害を受けた村。オッソ村と明確に口にはしなくとも、全員にそれが伝わったのだろう。

まだ幼い子たちが村に帰れると歓声を上げかけ、年長の子がそれを止める。

だがその子の瞳にも複雑な感情が見え隠れしていて、あふれ出たそれが今にもこぼれ落ちてしまいそうだった。

「でっ、でもまだ、金貨五枚には全然……！」

変異種のサーベルタイガーの討伐報酬は金貨五枚。本来は依頼を出す際に、ギルドに預けなければならない金額だ。

だが、彼らが村から持ってきた金額は銀貨五十七枚で、彼らがここで働いていた分を加えても金貨一枚にも届かないだろう。

金貨五枚を稼ぎ出すには、いったい何年かかるのか。まだ幼い彼らにはとても払いきれない金額だというのは、彼ら以外の全員がわかっている。

しかし当の少年たちはといえば、よく状況がわかっていない幼い子ら以外は、一生をかけてでも支払うつもりでいるらしい。

真剣な瞳で唇をきゅっと引き結んで、レンのことをひたむきに見つめる。意志の強さをはっきりと感じさせるその様子にも驚くことなく、レンはにやりと笑みを浮かべた。

「確かに全然足りねえな。オッソ村では村を守ってサーベルタイガーを追い払っただけだったけど、通常なら前金だけでも依頼料の二割、金貨一枚は必要になる。お前らでもできる雑用程度じゃ、十年かけても届かないだろうな」

「そんなの、わかってる……！」

金貨一枚。

レンの両親の死の対価として投げつけられた金額だ。

九歳の子どもにはとても稼ぎ出せない大金だが、最愛の両親に比べたらあまりにも安い額。

その金貨一枚のために幼き日のレンはぬかるみの中に膝をつき、二十二歳のレンは同額を見舞金として突き返してみせた。『たった金貨一枚ですが』と、大した金額ではないかのように。両親の命にはまるで釣り合わない金額なのだと、暗に言葉に含ませて。

――前金の金貨一枚すら用意できずとも家族を守れた子どもたちと、泥にまみれた金貨を拾った九歳のレン。

その運命を分けたのは、きっと他でもないレン自身なのだろう。

金貨一枚を大金と捉えるしかなく、屈辱に膝を折ったあの日のレンが。

『いつかうなるほど金を稼いで、たった金貨一枚だと言い切ってやる』と心に決めて、努力を続けてきたそれからのレンが。

十三年の月日を経て、金が足りずに膝を折るはずだった子どもたちを救ったのだ。

拳を握った子どもたちを見つめたレンが、雨上がりの空のような笑みを浮かべる。

どこまでも晴れやかで透き通った、慈愛に満ちた優しい表情《かお》。歳《とし》の離れた弟を見つめる兄のような、幼い日の自分を見つめるかのような、仕方ないなあと言いたげな顔。

それを一瞬でかき消して、レンが敢えて悪い笑みを形作った。

挑戦的で露悪的な、『金の亡者』らしい笑みと言ったらいいのか。『金の勇者』のファンにはとても見せられないような黒さが垣間見える表情で、レンが尊大に言葉を放つ。

「だから、村で一生懸命働いて、村の連中と助け合って、いつか必ず返しに来い。利息はまけておいてやる」

足を広げて腕を組んで、子どもらを見下ろしての貸し宣言。

『今回だけはタダにしてやる』と言えばこの上ない美談になっただろうに、一鉄貨にこだわる『金の亡者』は、絶対に金のことを譲らない。

だからこそこういうセリフを選んだのだろうが……バディである私はもちろん、オッソ村に行く商人も護衛の冒険者たちも、レンの行動を知っている。

商人が村に運ぶ荷物はレンが自腹で買い込んだ冬が越せるだけの物資で、護衛につく冒険者も商人も数台の馬車も、もちろんレンが手配していて。

それだけでも金貨十枚以上かかっているのに、少年たちがあの日持ってきた銀貨五十七枚にも手を付けずに、しれっと荷物に紛れさせていることを。馴染みの冒険者たちには、しばらく村に留まって、迷宮にいた魔獣の取りこぼしを狩ってほしいと願ったことを。

……そして、そのすべてについて、厳重に口止めをしていたことを。

知らないのはただ、ここにいる子どもたちだけだ。

——困った相手に無償で手を差し伸べるのは、『金の亡者』らしくないと思っているんだろうか。自身の行いはすべて伏せて、恩に着せることもせず、あくまでも『金の亡者』をやりきるつもりでいるらしい。

いたいけな子どもたちから金を巻き上げる悪党のように、にやにやといやらしく笑っている。

「……っ、くそ、この、『金の亡者』め……！」

悪態をつきつつ泣きながら笑った少年が、小さな拳を振り上げた。

……だがそれが本気ではないことは、傍から見ていてもよくわかる。

あの幼さではすべてを理解してはいないだろうが、素直じゃないレンの優しさに気がついて、レンの小芝居に乗ることにしたんだろう。

憧れを多分に含んだその瞳もぼろぼろとこぼれ落ちている涙も、レンへの感謝を伝えているのに、言葉は罵《ののし》りをかたどっている。素直じゃない彼らはどうあっても、まっすぐに伝えることはしないらしい。

ひねくれたじゃれあいを眺めながら、外套の下で口元を緩める。

軽やかに少年の攻撃を躱すレンの胸元で、金貨がきらりと光っていた。

＊

オッソ村へと旅立つ少年たちを孤児院総出で送り出すと、もう太陽が傾き始めていた。

明かりを灯す余裕などない下町の夜は今日も早く、急速に闇が腕《かいな》を広げていく。その中をレンと連れ立って歩き、いつもの店に足を踏み入れると、目当ての男は既にテーブルについていた。

どこからどう見ても庶民にしか見えない、第二王子のアーサーだ。

私たちを見た瞬間に立ち上がった男が、奥にある小部屋へと進んでいく。

ここはやつの手の内にある店らしく、大抵のことは店内で済ませてしまうのだが、今日はよほど厄介な報告があるらしい。

長年の付き合いならではの阿吽《あうん》の呼吸《こきゅう》でついていくレンに内心面白くないものを感じながら、私も静かに後を追った。

「怖いなあ、そんなに睨まないでよ。さすがのボクでもチビっちゃうよ？」

「品がないな。これが本当に王子なのか？」

「あー……たぶん、一応、血筋としては？　俺もたまに不安になるけど」

軽く肩を竦めたレンが机に重い袋を置き、迷いなく私の隣に座る。

袋の中身は今回のサーベルタイガー関連の儲けと、虫ばかりだった迷宮の踏破報酬。一部をオッソ村の支援に回したとはいえ、決して少なくない額のそれを数え始めた第二王子を睥睨し、無言のまま唇を引き結ぶ。

——レンにばかり頼らずに、さっさと謀反を起こしてしまえばいいものを。

慈善活動などに使ってもらっているとレンが言っていた通り、第二王子の資金の流れは嫌になるほど明朗だった。

孤児や貧困層の衣食住の支援や就職先の斡旋《あっせん》。各地で頻発する魔獣被害への対策。表向きは冒険者として国中を回っている、私設兵団や隠密組織の運営。わずかでも着服していたら糾弾してやろうと思っていたのに、忌々しいほど隙がない。

美しいと評判だった娼婦の腹から、国王そっくりの平凡な顔と、直系王族の証《あかし》である痣を持って生まれた子ども——生まれてすぐに辺境伯に引き取られたという複雑な背景を持つ第二王子だが、その有能さも民を思う気持ちも嘘ではないらしい。

正式に王子とは認められていなくても、王位継承権を与えられていなくとも、この国のどの王族より民のために動いている。

だが、だからこそ謀反に関しては慎重で、水面下でひっそりと動いてはいても、勝利を確信するまでは動くつもりはないようだった。

——何故こんなにも、面白くないと思うのだろう。

私の唯一のバディであるレンに、別の近しい者がいるからか。

幼馴染である二人の間に、入り込めないものを感じるからか。

この男は情報と政治力でレンを支え、レンは金銭面でこの男の活動を助ける。私と出会うずっと前からそうしてきたのだと知っているのに、王子と会うたびに眉間に深く皺が寄る。

いっそ今すぐ愚王と第一王子の首を刎《は》ねて、こやつを玉座に据えてしまうのはどうだろうか。

レンがこの食えない男の活動を支援する必要がなくなり、二人が会う頻度を減らすことができる。

民たちが貧困や魔獣被害に苦しむことも少なくなる。

高位貴族のほとんどが腐りきっているから、こやつは苦労するかもしれないが、それはむしろ望むところだ。

少し検討しただけでも、私にとっては利点しかないように思える。

——だが、こういった乱暴な解決を、レンはきっと望まないのだろうな。

両親の死に関わった貴族でさえも、正当な手段で裁こうとする男だ。さっさと首を刎ねてしまえばすっきりするだろうに、敢えて迂遠《うえん》に思える方法で証拠や証言を集めてみせて、ギルドに審判を委ねるつもりでいるまっすぐな男だ。

国王の横暴に耐えかねていつかは謀反を起こすにしても、レンは穏当で正しい道を選ぼうとするのだろう。国が定めた法律に則《のっと》って、むやみに世間を騒がせないような形でもって、国王に譲位を迫るのだろう。

……魔王である私がカストリアの法に従ってやる謂《いわ》れはないのだが、レンが望まないことはしたくない。

この不可思議な苛立ちに流されるまま、国王の首を刎ねるのは見送ったほうがいいだろう。

やれやれと小さく頭を振って、外套に隠れてため息を吐いた。

「はいこれ、頼まれてたヨーゼフ・ファン・ジュルラックの調査書とその写し。結構苦労したから銀貨六十枚は欲しいな」

「うげ、ちょっと高くねえ？」

「中身が中身だからね。確認したら、それを持ってさっさとギルドに行ってきなよ。そこの怖いお兄さんも連れてさ」

「怖いってディノがか？」と聞き返すレンを横目に、渡された資料に目を通す。

一枚目はヨーゼフ・ファン・ジュルラックの出生から始まる簡単な来歴、二枚目は縁戚《えんせき》関係や利害関係にある周辺貴族。調査の主題である過去の討伐依頼については三枚目からだ。

ヨーゼフ・ファン・ジュルラックの関係者が出した討伐依頼と、それを受けた冒険者が実際に討伐した魔獣との差異。その討伐結果や周囲の証言、冒険者たちのその後についてと、こと細かに記載されている。

ざっと見たところ変異種を通常種と偽ったものは少ないが、これはおそらく変異種の出没がそう多くないせいだろう。

だが群れで確認された魔獣をはぐれ個体だと誤魔化したり、似た外見の別の魔獣と偽ったりなど、悪質な差異が多くある。

中にはAランクのシルバーウルフをCランクのグレイウルフと偽ったものまであり、依頼を受けたBランクパーティーは二人が大怪我を負っている。

なんとか討伐には成功し、合計で銀貨五十枚の見舞金も支払われているが、本来なら負う必要のない怪我だ。後遺症が残ったとの記載もあるし、それからの活動にきっと支障が出ているとことだろう。

だがその一方で、原因となった依頼を出したヨーゼフ・ファン・ジュルラックはと言えば、見舞金を合わせても、本来の依頼料より安く済んでいて罰則もない。

依頼者を守るためのギルドのルールが、完全に悪用されてしまっている。

今回のレンのように、依頼内容が違うと気づいた段階で契約を結び直せば、食い物にされることはないのだろうが――想定外の魔獣を前に一度は無傷で撤退し、貴族と対等に交渉できる冒険者など、探してもそうはいないだろう。

それを証明するかのように、調査書はかなりの厚みを持っていた。

一通り確認して紙をめくると、次の紙に載っていたのはレンの両親の事案。

Aランクの冒険者夫婦が両者とも死亡、弔慰金は合計で金貨一枚。なんの温度もないその記載に手を止めて、隣のレンに目を向ける。

薄く傷跡が残る手で、きつく握られた胸元の金貨。文字を追うために伏せられた瞳。

私の視線に気づいてバツが悪そうに笑ったレンが、そのままくしゃりと顔を歪める。

「……ちょっと、遅かったかなあ、俺」

レンが見ていたのは、私が見ていた部分より少し先。

両親の死の後も続いた同様の事案で、幾人もの冒険者の犠牲が出ている。

命を落とした冒険者は四名だが、同じ領地の、同じ依頼者からの依頼に集中して、十三年で四名。

決して少なくはない数だ。

ましてそれが、依頼料の節約を目的とした詐欺によるものなら。

――だが、レンがその死を背負う必要はない。

相手は口先と賄賂とで国王派の重鎮にまで上り詰めた貴族だ。

何度疑惑をかけられても一度も証拠を掴ませなかった男だし、ギルドも疑いを持ちながらも手をこまねいていた。

両親の死後、必死に生きてきたレンが対処できないのは当然のことだし、仮に調べようとしていたとしても、魔獣がすぐ近くに迫るまでボロを出さなかったあの男を追い詰めるのは、容易なことではなかっただろう。

そんなふうに遅かったと後悔するのではなく、むしろ自分のおかげで未来の被害を防げるのだと、誇ってもいいくらいだというのに。

俯いた頭に手を乗せて、くしゃくしゃと髪をかき混ぜる。

筋肉がつきにくいとぼやいていた、冒険者としては華奢な身体。意外なほど薄い肩の線。あまりに頼りない細い首筋。剣を手にしているときは微塵も感じさせないその儚《はかな》さに胸がざわめき、言葉を探して視線を揺らす。

「遅くなる前に、出しに行けばいい」

落ちた肩を叩いて促し、資料を手にして立ち上がる。

顔も知らぬ人間の生死に興味はないし、調査書を読んでも何も思わない。バディであるレンの両親の死を除けば、私にはまったく意味のないものだが――レンにとってはそうではない。

どさくさに紛れて始末することもできたのに、あくまでも正当な方法で、貴族の過ちを正そうとしている。

自らの傷と向き合って、ときに躊躇《ためら》い立ちすくみながらも、懸命に前を向いている。

それがわかっているからこそ、もどかしくもレンの隣に立った。

条件付きのバディの身で、支えになれるかはわからないが。レンの望みを叶えられるのかもわからないが。

いつものようにレンが明るく笑えるまで、この場所を譲るつもりはない。

小部屋を去っていく私たちを、王子がにやにやと見つめていた。

＊

領主館で撮れた証拠と調査書をギルド長に渡すと、驚くほど早く話が進んでいった。

元々ギルドも問題視はしていたが確たる証拠がなく、相手が高位貴族だったことで二の足を踏んでいたらしい。

そこにSランク二名の証言と証拠、過去の事案についての調査書と協力してくれる証人が揃い、ギルドが動けるだけの状況になったようだ。

私たちの目の前で早速本部に連絡を入れていたから、国を超えた巨大組織である冒険者ギルドからカストリア王国に、正式に抗議が行くだろう。

生半可な処分ではギルドが納得しないだろうし、ヨーゼフ・ファン・ジュルラックは『詐欺を働いて冒険者たちを危険に晒した』として、厳罰に処されることになるはずだ。

安易な暴力に頼らなかったレンの復讐《ふくしゅう》は、きっと実を結ぶことになる。

「すっきりしたか」

ギルドからの帰り道。

いつも少し前を歩くレンのピアスに触れながら尋ねると、歩調を緩めたレンが静かに振り返った。

雨上がりの澄み渡った空のような、美しい碧だ。

興奮しているときはより青く、両親を悼むときはより儚く、感情によって色を変えていく不可思議な碧。

いつもはきらきらと輝いているそれが、今は少し、物思いの色に沈んでいる。

「んあ、んー、どうなんだろ。自分でも、まだよくわかんねぇ、けど」

首から下げている金貨をいじるのは、レンの癖だ。

九歳の頃から頻繁に触っていたせいだろう。磨かれてすり減った表面を眺めてから、レンがぎゅっとそれを握り込む。

ひと気のない道の端。今にも崩れそうな民家の庭先にある樹《き》が風に揺れて、木漏れ日が金の髪を染め上げていく。

言葉を探して俯くレンを見守ることしばらく。

数度のまばたきのあと私を見上げたレンの瞳は、いつもより深い青をしていた。

「……ディノがいてくれて、良かったよ」

照れくさそうに微笑みながら、レンがその目に私を映す。

金の髪を輝かせて、両耳のピアスをわずかに揺らして。油断しきった顔でふにゃりと笑って、きらきらとした瞳を向けてくる。

その透き通った青に映る、虚をつかれたような表情の私の頬が、じわじわと赤く染まっていく。

レンから目が離せない。

かつてないほどに鼓動がうるさい。

どんなに強い魔獣と戦っても得られなかった熱い何かが、身の内で暴れ回っている。

——なんだ、これは。

この、腹の底がうねるような感情はなんだ。

もっとレンを見ていたいのに、誰にも見られないように覆い隠してしまいたい。この矛盾した気持ちはなんだ。

落ち着きなくまばたきを繰り返し、出そうになる角を意志の力で押さえつける。尖る牙をきつく噛み締め、荒れ狂う激情に懸命に耐える。

そうして残ったのは、ただ一つの純粋な想いだった。

——これが、欲しい。

この、くるくると表情を変える男が欲しい。

強いのに弱くて、弱いのに強い。金にうるさいのにお人好《よ》しで、情に厚いのに素直じゃなくて。一度は膝を屈しても、また諦め悪く立ち上がる。まっすぐで、不器用で、いつも強気に笑うのに、ときどきひどく頼りない――この人間を、手に入れたい。

動揺を押し隠して「そうか」と返し、レンの髪をかき混ぜる。

ふわふわと柔らかな金色の髪に、指先がじんと熱さを増した。

17

忌々しい。忌々しい。どいつもこいつも、忌々しい！

カストリア国王バルドゥール・デ・カストリアは、苛立ちのままグラスを床へと叩きつけた。

最高の職人が作った繊細なグラスは、いかに絨毯の毛足が長くとも受け止めきれるものではない。

ごく微かな音を響かせて割れたそれから、血のような深い赤のワインがこぼれ落ちていく。

国王の怒りのそもそもの発端は数週間前、下賤《げせん》な冒険者ギルド風情が偉そうに意見をしてきたことによる。

『ヨーゼフ・ファン・ジュルラックによる度重なる詐欺行為について』そう題された陳述書には、腹心であるかの貴族の悪行が赤裸々に記され『民を導く立場にある貴族が冒険者ギルドの制度を悪用した、前代未聞の許されざる出来事』であり『厳正な処分を求め』『もし適切な対処がなされないのであればギルドの撤退も視野に入れる』と締めくくられていた。

冒険者ギルドの撤退。

魔国に近いせいかマナが溜まりやすく、魔獣に悩まされるこの国にとっては、まさに死活問題だ。

問題とされた貴族が王太子時代からの腹心であっても、これまでに多額の賄賂で国王の懐を潤してきた相手でも、厳罰に処する以外の道はない。

それでもなんとか貴族籍と小さな領地くらいは残してやらねば、他の取り巻きたちへの体裁が悪いと国王は考えていたのだが。

「老いぼれ辺境伯め、余計な口を……！」

怒りに満ちた国王の目に蘇るのは、大会議の席で堂々と振る舞う痩せた辺境伯。

娼婦に産ませた第二王子の養い親となっている貧乏辺境伯だが、メイシャン帝国との国境を守らせていることから、その影響力は小さくない。

どうにかしてその力を削ろうと国王があれこれ画策しても、領地を切り売りするしかないように追い詰めても、いつもするりと躱してしまう。そんな忌々しい古狸《ふるだぬき》が、会議が始まるなり早々に反対の意を述べたのだ。

『この国の貴族による詐欺行為で複数の冒険者を亡くしているとなれば、生半可な処分ではギルドも収まりが付きますまい。最も厳しい処分を行ってこそ、面目も立つというものでしょう』

身に纏う衣装は質素なのに、反論を許さない雰囲気を纏っているのは、その身に王族の血が流れるからか。

最も厳しい処分――斬首刑を開始早々に求められては、いかに国王と言えどひっくり返すのは容易ではない。

結果として貴族籍を残すことも、小さな領地を渡してやることも叶わずに、かろうじて極刑を避けただけに終わってしまった。

あのときの、取り巻きの貴族たちの失望したような顔と言ったら。

『あれだけ賄賂を支払っていても、いざというときは助けてもらえないのか』そんな内心が聞こえてくるかのようだった。

「そもそも、下民が数人死んだだけで問題視するのがおかしいのだ！」

詐欺を働いたと言えば聞こえが悪いが、下民に支払う依頼料を節約しただけのこと。

そうして浮かせた分を着服していたのならば問題だが、ヨーゼフ・ファン・ジュルラックは多額を国王に流してきた。

つまりは下民に払う代わりに国王に献上し、国に貢献していたということで、それのどこが問題だというのか。国が富めば、巡り巡って恩恵を受けるのは下民たちではないか。

長年にわたる詐欺が発覚したのは、紫のサーベルタイガーがきっかけだったと聞くが。

「『金の勇者』め……恩を仇《あだ》で返しおって……」

下民の、それも孤児という最下層の人間がSランクにまでなったことで、首輪を付けるつもりで二つ名を与えた。下民では一生手にできないであろう宝剣も与えた。

だが、やつが国王に差し出してきたものといえば、どうだ。

生意気にも宝剣をグリフォンとともに返してきたかと思えば、国王の腹心の詐欺を暴き。『幽玄の黒』という高名な冒険者とバディを組んで、あちこちの迷宮を踏破しているのに、一鉄貨たりとも献上してこない。

何よりも許せないのが、やつが踏破した大迷宮メディエンヌだ。

国王が騎士団に踏破を命じても、深部どころかわずかに踏み込むのが精一杯で、泣く泣く諦めるしかなかった大迷宮。

この国最大の迷宮にして難攻不落と謳われたメディエンヌの踏破がもたらしたものは、この世に数本しか現存していないといわれるオリハルコンの剣や、目を疑うような金銀財宝だけではない。

大迷宮メディエンヌがあったのは、かつてはメイシャン帝国との交通の要衝であったメディエンヌの街。

その華やかさと賑やかさから、第二の王都と呼ばれたこともあったのに、一夜にして迷宮に呑まれた悲劇の街だが――長年王領となっていたそこを、老いぼれ辺境伯に下賜したのは、かの迷宮の踏破を諦めた十数年前。

人間が立ち入ることさえできず、迷宮から湧き出る魔獣の対策費ばかりが嵩《かさ》む面倒な地を押し付ければ、貧乏な辺境伯はすぐに首が回らなくなるはず。

そうして領地を切り売りせざるを得なくなってから、ゆっくりと辺境伯の力を削《そ》いでいこうと思っていたのに……『金の勇者』が迷宮を踏破してしまったせいで、その計画も水の泡だ。

あと数年で潰せるはずだった目障りな辺境伯は、メディエンヌの開発でこれからどんどん力を増していくだろう。

それもこれもすべて、王の計画を狂わせる『金の勇者』のせいだ。

「もう少しあやつに隙があれば、冤罪《えんざい》で処刑してやるものを……」

大迷宮メディエンヌを下賜してから、いくつもの迷宮を邪魔な貴族たちに押し付けてきた。

そうして連中の力を削ぎ、国王派の貴族たちと富を分け合おうと思ってのことだったが……『金の勇者』が次々と迷宮を踏破していくせいで、国内の均衡が崩れてきている。

このままでは邪魔な連中の力がどんどん増していき、国王派の力は相対的に下がっていくばかりだろう。

いずれ魔国を攻めるための重要な駒として、優しく接してやっていたせいで、下民が調子に乗ったのだろうか。

いくら『金の勇者』が類を見ないほど強くとも、こうなってしまっては扱いづらいことこの上ない。

いくつもの厄介な迷宮を踏破したことでやつを英雄視している者は少なくないし、貴族にも下民にも広く人気がある。

国王が名を付けたということもあり、国王派の貴族でさえ『金の勇者』を応援する始末だ。

誰もが見惚れる美貌に爽やかな笑みを浮かべ、令嬢たちを骨抜きにしていく様はいっそ見事というほかないが――国王が下手に手出しをすれば、暴動が起きかねないほどの人望の厚さだ。

やつのバディである『幽玄の黒』は強すぎて人質にはなり得ないし、家族は既に死に絶えている。

何か脅す材料でもあれば、強固な首輪を付けてうまく飼い慣らしてやるというのに。

「せっかくの戦力です。処刑するのではなく、活用するのはいかがでしょう」

「どういうことだ」

すぐそばで控えていた宰相に目を向けると、どろりと濁った目が国王を向いた。

国王のそれと同じ、欲望に囚われた者特有の瞳だ。

長年国王の隣にあって悪知恵を働かせ、金と権力とを手にしてきた者。娘を国王に差し出して、生まれた第一王子の外戚《がいせき》として、次世代の栄華も約束されている男。

その宰相が、絨毯にできた赤い染みを目に映して、醜い唇をいやらしく歪める。

「『勇者』としての役目を果たしていただくのです。我が王の治世に不満を漏らす、不届き者を引き連れて」

にたりとした宰相の笑みを受けて、国王は思案顔で顎を撫でた。

『勇者は魔王を打ち倒し、お姫様と末永く幸せに暮らしました』——この大陸の誰もが知っているそんなおとぎ話を元に、国王はかの者に『金の勇者』の二つ名を授けた。

いつか準備を整えて、先祖代々の悲願を叶える。魔国が産出する多種多様な宝石や鉱物を我が物にするため、その領土の一部を切り取ってやる。

だからそのときはこの国の民の一人として、『勇者』となり『魔王』を打ち倒すように、と。

大層な二つ名と宝剣とを与えるときに、重々しく使命を与えておいた。

宰相はその件を持ち出して、今こそ『勇者』に魔国を攻めさせるべきだと話しているのだ。

——もう少し準備を整えてからと考えていたが……悪くはない、か。

数年後を目処《めど》にと考えていたため、まだ戦争の準備は万全ではない。

だが今なら『金の勇者』だけではなく、バディである『幽玄の黒』も駒とすることができるかもしれない。

魔王は人間では到底敵わない強さだと聞くが、さすがにSランク二人より強いということはないだろう。

それにもし、この国の民ではない『幽玄の黒』が使えず、魔王の討伐が失敗に終わるとしても、それはそれで得るものがある。

国王の治世に不満を漏らす不届き者——『金の勇者』が迷宮を踏破したことで力を増しつつある邪魔な連中を、まとめて魔国に送り込めば、魔王軍が始末してくれるはずだ。

まだ準備ができていない糧食や装備の類は連中に用意させればよいし、その上でやつらが死んだとなれば、邪魔な連中の領地がまるごと国王の手に入る。

多額の賄賂を納めてくれる取り巻きの貴族たちにも、多少与えてやってもいいだろう。

もちろん、魔国の領土も切り取れれば言うことはないが、それができなくとも得るものは大きい。

名声をほしいままにしている『金の勇者』に、大迷宮メディエンヌ跡地を手にした辺境伯。騒乱の火種になりそうな第二王子に、その他の邪魔な貴族たち。

それらをまとめて始末できるなら、栄えつつある領地を横から掠め取れるなら、薄汚い魔族の手を借りるのもやぶさかではない。

問題はどうやって『金の勇者』を従えるかだが——。

「『金の勇者』が拠点としているのは、下町にある孤児院だったな」

「左様でございます。両親を亡くした頃から住んでおり、孤児たちとも親しくしていると」

「ははは！　それはいい！」

天涯孤独で、バディも人質にはできないだろうと悩んでいたが、なんのことはない。拠点としている孤児院がまるごと、あやつの弱みということではないか。

腹を抱えてひとしきり笑った国王は、その足で割れたワイングラスを踏みしめる。繊細なワイングラスが革靴でさらに踏みにじられ、軋みながら砕けていく。

その脆い感触に、孤児を踏みにじる容易さを重ね合わせながら、国王は低く命令を下した。

「勇者を呼び出せ。目的を悟られぬように」

国王の冷たい双眸《そうぼう》に、重く垂れ込める暗雲が映し出されていた。

18

ディノと迷宮に行くことが増えたが、貴族たちからの単独での指名依頼も厳選していくつか受けている。

これまでもこの国唯一のSランク冒険者として名が通っていたが、グリフォンの実物の献上と大迷宮メディエンヌを始めとした迷宮の踏破で、さらにそれが増したらしい。

パーティーで魔法を披露させる華やかなものから、オリハルコンの剣の斬れ味を見せるような模擬演舞まで、その内容は多岐にわたるが、空いた時間があれば条件のいいものを受けるようにしていた。

どの依頼を優先するかの判断は、もちろん報酬の多寡による。

そうすることで、貴族たちがこぞって値段を吊り上げて、依頼ごとの単価が上がり、より楽して稼げるようになるというわけだ。

いつか受けた、満月の観賞のために雲を吹き飛ばすような簡単な依頼でも、今の相場は金貨十枚かららといったところ。

それなりの金を手にするたびに会っているアーサーは「すっごく助かるけどそろそろ金貨で溺れ死にそう」と、めずらしく顔を青くしていた。

迷宮を踏破するたびに恐ろしいほどの金額が手に入るし、金に頓着しないディノまでが、アーサーに金を貸すようになっている。しばらくこの国にいることにしたのか、どうせ使わないからと貸してやることにしたのかはわからないが……その結果、今ではむしろアーサーの手配が追いつかず、資金がだぶつきつつあると嘆いていた。

少ない資金をやりくりして、一人でも多くの民が飢えずに済むように——そんな気持ちでぎりぎりの中金を回していたのに、随分変わったものだと思う。

少し前までは孤児たちが冬を越せるだけの薪《まき》を用意できるかさえ心配していたのに、今年は全員に新しく毛布を買ってやってもお釣りがきそうだ。

今年は、今年こそは誰も見送らずに済む冬を迎えられるかもしれない。

——ディノと出会ってから、すべてが変わったんだよな。

ずっとソロでやってきたのにバディになって。一人では挑めなかった難易度の高い迷宮に、ディノと挑戦するようになって。

大量の魔獣に囲まれて、ソロなら目くらましをして逃げなければならないような状況になっても、今では後ろにディノがいる。

ディノと背中合わせに剣を握り、互いに互いを補い合うと、負けることなどないように思えた。

一人では挑むことができない高みに挑戦できるのは、安心して背中を任せられる相手とともに剣を振るうのは、報酬以上の楽しさもあった。

ヨーゼフ・ファン・ジュルラックのことも、ディノのおかげだ。

もやもやしたものを抱えていた俺が、過去のことを打ち明けたときに『なるほどな。殺すか？』『だが、レンは傷ついたんだろう？』なんて、俺が傷ついたなら殺せばいいと言わんばかりに背中を押してくれて。

どうやって証拠を引き出すかと考えていたときも、俺の相談に乗ってくれて。果てにはサーベルタイガーの使役なんていう稀有な魔法まで使ってくれて。

そうして俺を支えてくれたディノのおかげで、俺はヨーゼフ・ファン・ジュルラックに真正面から向き合うことができた。

一度は折った膝をまっすぐに伸ばして、金貨一枚を突き返してやることができた。

両親を亡くしてから十三年、重苦しく抱えてきたどろどろしたものを整理して笑うことができたのは、全部、隣にいてくれたディノのおかげだ。

——ほんとに、大したバディだよ。

無愛想だけどいいやつで、距離感がおかしいこともあるけどいつも俺を支えてくれる、強くて頼もしくて、ちょっと戦闘狂すぎる最強のバディ。

……敢えて欠点を挙げるなら、手合わせにだんだん容赦がなくなってきたことと、スキンシップが増えたこと。

前は頭を撫でるとか髪を梳《す》くとか、ピアスを指先で弄ぶくらいだったのに、最近はより親密な行動が増えている気がする。

へらりと笑ったら頬をむにりとつままれたり、そのまま睫毛の先に触れられたり。手合わせのときに俺の腕を無造作に掴んで、「細いな」と言いながらするりと指を這わせてきたり。

あのときはぞくりとしたのを誤魔化して「気にしてんだからわざわざ言うな！」って怒ったけど——あれはバディの触れ合いとして正しいんだろうか。

なんでディノはあんなにも、俺に触れようとするんだろうか。

他の人の前ではすっぽりと外套を被っていて顔もめったに見せないし、会話だってほとんどしない。アーサーと話すときはやや喧嘩腰だし、ギルド長とも距離がある。

そうして他の人とあまり触れ合わずにいるから、俺への距離感がおかしくなるんだろうか？

「お待たせしました、どうぞこちらへ」

呼び出された王宮で物思いに沈んでいたことに気づき、よそいきの笑みを浮かべて立ち上がる。

そうだった、これから国王との面会があるんだった……なんて少しげんなりしたことはおくびにも出さずに、呼びに来た使用人についていく。

騎士団に稽古《けいこ》を付けてほしいという依頼が来て、それを終えたのが昼前のこと。

大変ありがたいことに国王陛下直々にお礼の言葉を頂戴できるということで、長く控え室で待たされていたが、それもようやく終わるらしい。

一鉄貨にもならないお礼なんぞのためにここまで待たせたのだから、帰りに手土産でも欲しいところだ。

ケチな国王やその部下たちが、何かをくれるはずもないけど。

「よく来たな、『金の勇者』よ。そちの名声は国中に轟《とどろ》き、この王宮にまで届いておるぞ。大層活躍しているようで、名付けた余も鼻が高いのう」

「恐れ入ります」

「孤児院を拠点として、孤児たちの面倒も見てやっているとか。その強さに慈愛の心も持ち合わせているとは、まこと『金の勇者』の名にふさわしい」

ほっほっと笑うクソジジイ——国王から目を逸らすため、跪いて頭を下げる。

好色でケチで、民を人とも思っていない下衆《げす》な国王が、どうしていきなり孤児院の話を？

生きるのもままならないほどに税金を搾り取っておいて、まさか本気で褒めているつもりなのか？

俺が孤児院に寄付したりしてるのは、慈愛なんて高尚な理由からじゃなくて、そうしなければ明日にも飢えて死ぬやつがいるからなんだが。

全身をごてごてとした宝飾品で飾り立てた諸悪の根源に褒められたところで、胸糞悪いとしか思えない。

「アデルという少女は、もう少し成長すれば寝所に上がらせてやってもよいかもしれぬ。ケリーという子は少しお転婆が過ぎるようだが、跳ねっ返りを躾《しつ》けるのもまた愉しいものよな。のう宰相、そちが見初めた子はなんという名前だったかの」

「ヨハンという少年です、陛下。あの怯えたような瞳にひどくそそられましてな」

「国王陛下ッ！」

無礼を咎められることを承知で言葉を遮って、二の句を告げずに頭を下げる。

大きな目が印象的なアデルと、健康的な日焼け肌のケリーはまだ十二歳。両親を亡くして孤児になったヨハンは、わずか八歳という幼さだ。

寝所？　躾《しつけ》？　怯えた瞳にそそられる？　……言葉の意味はわかるのにとても理解できなくて、込み上げる吐き気を懸命にこらえた。

こいつらはいったいどうしてこんなことが言えるのか。

何のためにこんな話を俺に聞かせるのか。

怒りに震える拳を気づかれないように握りしめるけれど、表情はどうしても作れない。俯いて顔を隠すしかない。

「ほっほ、そう怒るな。これはちょっとした冗談、喩《たと》え話のようなものよ。……もちろん、そちの出方次第ではあるがな」

「……何か、ご命令があるのでしょうか」

聞くな。

聞いたらきっと戻れない。

……だが聞かなければ、狙われるのは孤児院だろう。

わざわざ孤児院について調べたのは、おそらくこうして俺を脅すため。

先ほどの胸糞悪い会話がどれくらい本気なのかはわからないが……俺を脅すためにわざわざ下調べをしていたくらいだ。民を人とも思わない下衆どもは、俺が従わなければ平気で三人に手を出すだろう。

逆に言うならば、こうして脅さなければ俺が断るだろう命令を下すために、こいつらは三人の名前を出したということだ。

それがどんな命令なのかはわからないが、生半可なものであるはずがない。

ここまで手の込んだことをして追い詰めた獲物を、こいつらが見逃してくれるはずもない。

俺の問いに鷹揚《おうよう》に笑ったクソジジイは、「簡単なことだ」と前置きをして、厳かに告げた。

「魔王を打ち倒すのだ、『金の勇者』よ」

……頭が真っ白になるというのは、きっとこういうことを言うんだろう。

目の前では後を引き継いだ腐れ宰相が、つらつらと説明を続けている。

宝剣を授け『勇者』の称号を与えたときから、『魔王』と戦わせると決まっていたこと。これは冒険者への依頼ではなく、国王が民へと下す命令だから、当然だが金銭も発生しないし拒否権もない。

だが陛下の温情で魔王の討伐隊は結成してやるし、後詰めとして精強なる騎士団も付けてやろう。

そちが不在の間の孤児院も、騎士たちがしっかり守ってやる。

——俺が逃げ出さないように騎士団に見張らせるし、孤児院も押さえておくという脅しか。

何度も唾《つば》を飲み込んで、少し冷静になってきた頭で考える。

断ることは、まずできない。逃げるなんてもってのほかだ。

これから成長して花開いていくだろうアデルやケリーを、両親を亡くし言葉を失《な》くしているヨハンを、下衆の手に委ねられるはずがない。

だが、相手が最強と名高い『黒夜の魔王』とは。

大陸五指と言われるディノにもまだ勝てていないのに、勝てる可能性はどれくらいあるのか。

……多めに見積もっても砂粒より小さな可能性しかないし、クソジジイの命令はつまり『討伐隊とともに死ね』ということだろう。

俺が命を懸けて魔王と戦っている間に、魔国の領土の端っこでも得られれば充分とでも考えているのかもしれない。

俺の何がそんなに国王の気に障ったのかは知らないが、随分な死に場所を用意してくれたものだ。

——ここにディノがいたら、どうしたかな……。

戦闘狂だから、最強の魔王と戦えるならと喜んで話に乗ったかな。

いや、その前の脅しの段階で不愉快そうに目を細めて、国王たちを斬り捨てているかも——とディノの金の瞳を思い浮かべて、気づかれないように小さく笑った。

ディノが怒るところは見たことないけど、怒りを我慢するディノなんて想像できない。

少しでも腹が立ったらとりあえず相手の首を落として、『殺してしまえば二度と下衆な軽口を叩けないだろう?』なんて言いそうな気がする。

——まったく、とんでもないバディだよ。

そう思ったら肩の力がふっと抜けて、冷静な思考が戻ってきた。

現段階では、逃げ道はない。

名前を出された三人に加えて孤児院まるごとを天秤《てんびん》に乗せられたら、俺に拒否する選択肢はない。

たとえ死地でも向かうしかない。

……だが、もし少しでも時間を稼げたら、できることはあるかもしれない。

着々と人心を集めているアーサーが謀反を起こして、国王の座を奪うこともできるかもしれない。

諦めるのはまだ早い。

「それは、今すぐにということでしょうか」

「そうだ」

「このまま迷宮に挑んでいれば、この国のすべての迷宮を踏破することも不可能ではありません。しかし最強と名高い『黒夜の魔王』と戦って負ければ、それは叶わなくなるでしょう。それでも魔王を優先しますか?」

怒りも緊張も悟られないように、敢えて平坦な声を出し、国王と宰相に選択を迫る。

領土を切り取れるかどうかも定かではない魔国への侵略と、確実に国力を増すことができる迷宮の踏破。

どちらを優先すべきかなど明らかだし、悩む余地などないはずだ。

魔国への侵略を数年延ばして、迷宮のすべてを踏破させてから魔王討伐に向かわせるのが、王たちにとっては都合がいいはず。

なんでいきなり魔国への野心を示し始めたのかはわからないが、こう言えば迷宮をすべて踏破するまでの時間は稼げるだろう。

その間に隙を見て、目を付けられた三人を逃がして、他の孤児たちを辺境伯領に移せたら――。

そして、そうして稼いだ数年の間に、アーサーに王になってもらえれば――。

「無論だ」

厳かで威圧的なその声に、舌打ちしたくなるのを懸命にこらえた。

断れないし逃げられないなら、自ら発言を撤回してもらうしか……と足掻《あが》いてみたが、どうやら無駄だったようだ。

睨みつけそうになる視線を伏せて、歯噛みしながら頭を下げる。

これ以上はもう、どうしたらいいのか。

どんな言葉ならこのクソジジイに侵略を諦めさせることができるのか。どれだけ考えても思いつかない。

こういう政治的でややこしい話は、アーサーの領分だってのに。

「数多の資源を独り占めする不届きな魔族に鉄槌《てっつい》を下すのが、我が王家の悲願。この国で最も高名なそちなら、叶えてくれると信じておるぞ」

「陛下。巷《ちまた》では『幽玄の黒』と『金の勇者』、どちらが強いのかと話題になっておりますが」

「おおそうじゃった。確かバディを組んだと言っておったな。どうじゃ、此度《こたび》も一緒に行動しては。一人分の物資程度なら、今からでも追加で用意してやろうぞ」

――こいつら。

俺だけじゃ飽き足らず、ディノのことまで使うつもりか。

迷宮は後回しでいいと言い切ったのも、俺とディノの二人がかりなら、相手が最強の魔王でも倒せるだろうと思ってのことか。

籍が他国にある冒険者を戦争に巻き込むのは禁じられているが、冒険者が自主的に参戦するならその限りではない。

つまり、バディである俺にディノを誘わせて、ディノまでも戦力に加えようとしているんだろう。より確実に魔王を倒すため、魔国の領土を切り取って資源を手に入れるために、俺たちを使おうとしているんだろう。

魔王を殺さない限り、きっと生きては帰れない。

そうわかっているのに、ディノを巻き込むのか？

こんなにたくさん助けてもらっているのに、俺の巻き添えにしてディノも死なせるのか？

――答えは、否だ。

勝手な俺に付き合ってバディになってくれたディノを、いつも助けてくれる頼もしい相棒を、こんなことには巻き込めない。

何があっても、巻き込みたくない。

「——残念ですが、バディはこの国にいる間だけという約束で、昨日解消したところです。もうすぐどこかの国に発《た》つと聞いていますが、果たしてどこだったか……」

俺は無理でも、ディノだけは守る。

その気迫を込めてにっこりと笑みを浮かべると、国王と宰相が目配せをした。

『他国の冒険者を戦争に巻き込んではならない』という冒険者ギルドの規則を思い出しているのか。

先日のヨーゼフ・ファン・ジュルラックの件でギルドに抗議されたばかりだし、まさか国王自らが規則を破るわけにはいかない。

つまりディノの自主的な参戦が望めないなら、諦めるしかないはずで——国王たちにとっては予想外の事態に直面して、視線で話し合っているのだろう。

だが、ディノがいないからといって魔国への侵略を諦める気はないらしい。

永遠にも感じる一瞬ののち、国王もまた、俺と似た胡散臭《うさんくさ》い笑みを浮かべた。

「そうか、それは残念だの。この国にいるうちに一度会ってみたかったのだが」

「申し訳ございません」

頭を下げながら気づかれないように息を吐き、この時間が過ぎ去ることだけをただ祈る。

国王と宰相の胸糞悪い茶番劇は、まだしばらく終わりそうになかった。

19

暗く狭い俺の部屋に、ぎゅうぎゅうに詰められた二つのベッド。

そこに寝転がり何度も寝返りを打っていたが、夜が更けてもついに眠気が訪れず、音を立てずに起き上がった。

そうしてふと横を見下ろすと、手を伸ばせば触れてしまうほどすぐ近くに、美貌の男が横たわっている。

シーツに流れる、さらりとした黒髪。すっと通った鼻筋の下の、薄く色づく形のいい唇。切れ長の目を縁取る長い睫毛まで、いっそ彫刻と言われたほうが納得できるような美しさだが……今はそれを見ているのもつらくて、無言のままそっと目を逸らした。

あれから、どうやって国王たちの前を辞したのかよく覚えていない。

ふらふらと街を歩いていたらいつの間にか孤児院のすぐそばまで帰ってきていて、慌ててアーサーのいる店に向かった。

戦闘しか能のない俺と違って、アーサーなら何か打開策を思いつくんじゃないか。アデルもケリーもヨハンも守って、無謀な魔国侵略をせずに済む方法があるんじゃないか。

国王の前ではバディを解消したと嘘を吐いてしまったけど、ディノを俺の事情に巻き込むことなく、ずっと一緒にいられるような——そんな奇策があるんじゃないか。

そう期待して相談しに行ったのだが、結局解決策は見つからなかった。

それどころか、アーサーやその養父の辺境伯にも討伐隊に参加するよう連絡が来たことや、最近孤児院が見張られているという情報、謀反を警戒した国王が身辺の警護を手厚くした事実などを付け加えられ、どうにもならない現実をより突きつけられただけだった。

『魔国の侵略が第一目的だとしたら、邪魔者を消すのが第二の目的なんだろうね。民に慕われる英雄も、国王におもねらない貴族たちも、穢れた女に産ませた子どもも、まとめて消し去りたいわけだ』

『きっと踏破された迷宮の開発でボクたちが勢いを増す前に、処理しておこうと思ったんだろう。敗戦の責任をボクと辺境伯家に押し付ければ、領地がまるごと手に入るし。……強欲で臆病《おくびょう》な王様の考えそうなことだね』

そう言って肩を竦めたアーサーは、軽い口調とは裏腹にひどく苦々しい顔をしていた。

お互い明確に口に出したことはないが、俺はアーサーが王になったらと考えてきたし、アーサーもいずれ王位を奪い取ることを目標に動いていた。

そしてそれは、いくつもの迷宮から得られた富でかなり実現に近づいていた――はずだったのに。

アーサーも協力者もまるごと戦争に駆り出されたら、孤児院のチビどもを逃がす先がない。魔獣討伐を理由に鍛え上げたという私兵たちも、精強な魔王軍にすり潰される。

だが反転攻勢を仕掛けようにも後ろからは騎士団がついてくるらしいし、たとえ死地だとしても前に進む以外の道はない。

一か八かで戦争前に謀反を仕掛けたとしても、既に国王の周囲は固められている。そこを無理に攻めようとしたら、敵にも味方にも尋常じゃない被害が出て、国が揺らいでしまうだろう。

八方塞《はっぽうふさ》がりだ。

慎重に準備を進めていたのに、ここにきて一気に盤上をひっくり返されてしまった。

ディノがバディになってくれて、いくつもの迷宮を踏破できて。そうして得た資金で貧しい人たちを助けるうちに、踏破した迷宮の開発のための仕事が増えて、下町の雰囲気も明るくなって。

こうして国全体の魔獣を減らして、使える土地をもっともっと増やせたら。アーサーが王座を奪い取って、暮らしていけないほど税金を搾り取られることがなくなったら。

少しずつでも庶民の生活が上向いていって、いつか誰も飢えずに済む日々が来ると……そう期待し始めていたのに。


あてもなく歩き続けていた足が止まったのは、王都を一望できる公園。

どちらの月にも見放された闇の中で、ぼうっと王都を見下ろすけれど、輝いているのはごく一部。王宮と貴族街以外は暗く沈んだこの光景が、今のこの国を表すようだ——なんて、感傷がすぎるかもしれないけど。

「眠れないのか」

「ディノ」

なんでここに——ってのは、愚問か。

きっと俺が部屋を出たときから、ずっとついてきていたんだろう。

物思いにふけっていた俺はその気配にも気づかなかったけど、様子がおかしい俺を心配してくれているのは伝わってくる。

一歩近づいたディノの手がくしゃりと髪をかき混ぜてきて、喉の奥がぐっと詰まった。

期間限定のバディ。

最初からそういう約束だったのに、隣にいるのを当たり前に感じるようになったのは、いったいいつからだったんだろう。

迷っていたら背中を押して、俺に力を貸してくれる。凹《へこ》んでいたら静かに隣に寄り添って、俺が前を向くのを待ってくれる。

その不器用な優しさに、甘えるようになったのはいつからだろう。

この手を放したくないと、思うようになったのはいつからだろう。

ずっとディノとバディでいられたら、どんなに楽しかっただろう。

「……ちょうどいいや。バディだけど、今このときをもって解消な」

「何を言っている？」

「なんつぅか、ディノといても思ったほど稼げなかったし。やっぱ分け前が半分てのは、うん。もったいないよなって思ったりして。……ええと、だから、一人でちょっとデカいヤマを狙うことにしたから、ディノとはここまで」

俺はちゃんと、うまく笑顔を作れているだろうか。

あまりにも苦しい言い訳だけど、ディノは信じてくれるだろうか。

たとえ分け前が半分でも、収入は圧倒的に増えている。

ソロでは入れない難しい迷宮に挑んで、踏破して。ディノとの手合わせを繰り返して、一段と強くなれた実感もある。

本当は、もっとディノと一緒にいたい。

バディとしていろんな魔獣と戦って、くだらない軽口を叩き合って、肩を並べて立っていたい。

互いの背中を預け合って、強い敵と戦って、ギリギリの手合わせに昂揚して。近すぎる距離に、俺を見ると優しく細められる瞳に、耳を掠めていく長い指に――ディノのすべてに赤くなったりうろたえたりを繰り返しながら、手の届く距離で眠りたい。

バディとして、ずっと、ディノの近くで――「これだから戦闘狂は」なんて文句を言って、「さすがは『金の亡者』だな」と呆れられて、弾けるように笑いたい。

……なんて、もう叶わない夢なんだけど。

「レンと私は、バディなんだろう？」

「さっきまではな。でも、もう、それも終わりだ。元々『どちらかが飽きるまで』って約束だったろ」

「私は飽きていない」

「俺は飽きたの！　もういいだろ！」

ほとんど悲鳴のような自分の声に驚いて、ぎくりと肩を強《こわ》ばらせた。

違う。こんなふうに別れたいんじゃない。

ディノを傷つけたいわけじゃない。

なのに、いつもは俺の提案をすんなり受け入れてくれるディノが、びっくりするくらい食い下がるから……飽きたなんて言いたくないのに、ディノを突き放すなんて望んでないのに、他の言い訳が思いつかない。

「こっちを見ろ」

いつの間に俯いてしまっていたのか。

嘘を吐くときは、まっすぐ相手の目を見つめるのが鉄則なのに、ディノへの後ろめたさが表れてしまったのか。

震える拳をきつく握り、伏せていた睫毛をゆっくりと上げる。

俺の背後から昇った朝日が、ディノの金色の瞳を輝かせる。

――泣きたいくらいに、綺麗だ。

夜空に浮かぶ月よりも、よく磨かれた金貨よりも、ずっと輝く金色の瞳。

朝日を浴びていつもより濃い色をしたその瞳が、俺の心を覗き込んでくる。

どこまでもまっすぐに、心の奥まで見透かすように、真剣な色を宿して見つめてくる。

「それがお前の本心か？」

「…………金にならない嘘は、吐かない」

「もう私は、要らないんだな？　飽きたからバディを解消すると――私はレンにとってその程度の存在だったと、そう言うんだな？」

そうだ、と答えたかったのに、喉が詰まって声にならなかった。

ぐっと眉間に皺を寄せて、形のいい唇を引き結んで――いつになく蒼白《そうはく》な顔をしたディノが、ひたむきに俺を見つめてくるから。

どうか嘘であってくれ。そう願うような面持ちで、きつく肩を掴んでくるから。

――全部嘘だって、俺にとってディノはそんなに軽くないって……、ちゃんと言えたら、よかったのに。

すべての事情をディノに打ち明けたら、きっとディノは死地にだってついてくる。

魔王を倒しても倒せなくても、国王は俺を殺す気だって。そんなふうにすべての事情を打ち明けても、きっと額を突き合わせて、どうにかする方法を考えてくれる。

……けど、だからこそ、話せない。

俺がディノとバディを組んだままでいたら、『幽玄の黒』も利用できるのだと思ったら、強欲な国王はディノのことも狙うだろう。

無愛想に見えて優しいディノのことだから、孤児院や俺を盾にされたら、不本意であっても従うだろう。

たとえ最強の魔王が相手だとしても、俺と二人なら勝つことができるかもしれないと考えたら――強敵との戦いは望むところだなんて嘯いて、ついてこようとするだろう。

だから、俺は。

唇を噛んで浅く頷き、肩を掴む手を引き剥がす。

潤みそうになる目を何度も何度も瞬《しばたた》いて、すうっと大きく息を吸って――引き攣り歪んだへたくそな笑顔で、ディノに向かって笑いかける。

「お別れだ、ディノ」

今までありがとう。どうか元気で。

そんな別れの言葉だけは、どうしても口にできないけど。したくないけど。

もし何かの奇跡が起きて生き残れたら、そのときはちゃんと謝るから。

嘘吐いてごめんって言うために、大陸中を探し回ってでも謝るから。

——だから、そんな、傷ついた顔をしないでくれ。

ぐしゃりと顔を歪めたディノが、穴が開くほどに見つめてくる。

すべてを目に焼き付けようとするかのように、まばたきもせずに俺を見つめて、何度も口を開きかけてはまた閉じて。一切の血の気が引いた顔を、凍ったように強ばらせて。

永遠にも思えた数瞬ののち、ディノが喉を低く震わせる。

「——いついかなるときも支え合うのがバディというのは、嘘だったのだな」

ぽつりとこぼされたその言葉を最後に、ディノは俺に背を向けた。

それが、俺が最後に見たディノの姿だった。

20

魔王の討伐隊が集められ魔国に出発する頃には、季節は春になっていた。

花が咲き蝶《ちょう》が舞い踊る良い季節だが、これから向かう魔国は一年の六割が冬の苛酷《かこく》な土地だ。

俺たちはこれから、わざわざ冬を追いかけて他国を侵略することになる。

「父は国王、母は娼婦。カールソン辺境伯の養子だったけど、負け戦の旗頭にするためにいきなり継承権を認められた第二王子のアーサーだよ！　陛下に嫌われた者同士仲良くしよう！」

アーサーの気の抜けた挨拶に男たちがドッと湧き、あちこちで指笛が高らかに鳴った。

魔王の討伐隊は約三百人。主な構成員は、国王に何度も苦言を呈してきた貧乏でまともな貴族の当主とその家臣たち。つまりアーサーにとっては旧知の仲の者ばかりで、雰囲気はまったく悪くない。

向かう先には精強と名高い魔王軍。背後には討伐隊の三倍の数の騎士団と、さらに数倍の義勇軍。

こちらは親王派の貴族ばかりで構成されていて、討伐隊が王都に反転攻勢を仕掛けてこないように集められたらしい。

ひっそりと出立した俺たちを、華々しくパレードをしてから追いかけてくるらしいし、万一にでも魔王の討伐が叶ったら、俺たちを殺して手柄を横取りするつもりなんだろう。

民から税金を搾り取ることしか能がないと思っていたが、国王の用意周到さには呆れるばかりだ。

「有名だからみんな知ってると思うけど、彼がこの国の最高戦力にして討伐隊の最終兵器、『金の勇者』レンフィールドだよ！　よろしく！」

アーサーの過剰な紹介に合わせて頭を下げつつ、隣にいないディノを思う。

あれから会っていないけど、今はどこにいるんだろうか。

やはり強い魔獣を探して、大陸中を旅しているんだろうか。

身勝手で嘘吐きな俺のことは、もう忘れてくれただろうか。

冴え冴えとした金の瞳を思い浮かべて、痛む胸をそっと押さえた。

*

カストリア王国と魔国の間に国交はないため、魔国へと向かう道はかなり寂れて途切れかけている。

日頃この道を通るのは、地元の人間くらいのものなのだろう。

夏が来たら森に呑まれてしまいそうな細い道を踏みしめるように進んでいくと、国境の平原が見えてきた。

これと言った特徴のないただの広い荒野だが、王国と魔国の境にくっきりと引かれた黒い線が、ここが国境なのだと示している。違いといえば、こちら側はでこぼことしていて荒れ放題だが、線の向こうには砦《とりで》や壕《ごう》が築かれていることか。

何度も戦争を仕掛けているのだからこちらにも砦を築けばいいのに、魔国から攻め込んでくることはないとタカをくっているのだろう。

国境だというのに見張りの一人もいない状態に呆れつつ、国境ぎりぎりのところから魔国側をじっと見つめた。

——これが通称、『死の平原』か……。

なんの名称も付けられていないこちら側の平原とは違い、魔国側は『死の平原』と呼ばれている。

その一。国境の線を越えて軍隊が『死の平原』に踏み込んだ瞬間、魔王の極大魔法を食らって全滅した。

その二。全滅を恐れて少しずつ軍隊を『死の平原』に送り込んだところ、砦に詰めていたたった数十人の魔族たちに、数千の軍隊が蹂躙《じゅうりん》された。

その三。『死の平原』では攻撃を受けなかったため、これ幸いと全軍前進。平原の向こうに流れている『死の川』を渡ろうとしたが橋がなく、もたついているうちになんらかの魔法で大半が死亡。なお原因は解明されず。

戦争のたびにこうした事案が積み上がっていった結果『死の平原』と『死の川』と呼ぶようになったそうだが――国境沿いの平原すら越えられたことがないくせに、よく何度も戦争を仕掛けようなどと思うものだ。

従軍させられることが決まってから、アーサーと二人で過去の戦争について調べたが、呆れるほどの大敗に次ぐ大敗。分析しようにもまともな戦闘にもなっていないものばかりで、アーサーとともに頭を抱えた。

生き延びる確率を上げるために対策を立てたくても、これでは何もわからない。

かろうじてわかったと言えるのは、魔族が濃厚なマナに適応した屈強な肉体を持つことと、魔法が得意な者が多いこと。蝙蝠《こうもり》めいた羽と角を有していて、その羽を使って飛ぶこともできるということだけだった。

……飛べない人間に対して、飛べる魔族。これだけでも戦闘には不利なのに、果たして戦いになるのだろうか。

国境に佇んで『死の平原』をじっと見つめて、周囲の気配を慎重に探る。

見える範囲に魔王や魔族の姿はないし、隠れている気配も感じない。

過去すべての戦争が『死の平原』で処理されているのは、国土を踏み荒らされるのを望まないからだろうし、当然魔王軍が布陣して待ち構えていると思っていたんだが……。

——本当に、何もない、な……？

先行して偵察に行くとアーサーに伝えて、国境から一歩踏み込んでみる。

なんらかの魔法の一斉掃射も当然警戒していたが、やはり何もないようだ。

土魔法を使って地中を探っても罠らしきものは見受けられず、丁寧に作られている壕の裏も綺麗なもの。臨戦態勢の魔族はおろか、武器や物資の類すらない。

それを訝しく思いながら剣を片手に歩いていくと、驚くことに砦にまですんなり入れてしまう。だがこちらもやはりもぬけの殻で、放棄されたのかと疑うような状態だった。

——魔国がここを放棄する理由は、ないと思うんだけどなあ……。

過去の戦争と今回の戦争。その違いはなんだろうか？

魔王が変わったわけでもないのに、いつも『死の平原』で戦いを終わらせていた魔族が、敢えてここを使わない理由は？

今は俺一人しか入ってきていないから攻撃してこないだけで、討伐隊の全員が魔国に足を踏み入れるのを待っているのか？

あれこれと考えを巡らせてから、ぶんぶんと大きく頭を振って、その場で高く跳躍した。

戦術や作戦はアーサーの領分だ。俺はとにかく状況を把握してアーサーに伝えて、あとは一心不乱に剣を振っていればいい。

そう考えて、空中から『死の平原』を見下ろしたそのとき。視界の端に映った有り得ないものに、思いきり頬を引き攣らせた。

「『死の川』に橋って、マジかよ……」

地に降りてから橋の見えたほうへと駆けていくと、そこにはやはり見間違いではなく橋がある。

それも、かなり幅の広い『死の川』にかかる、十人並んでも渡れそうな立派な橋だ。

さすがにいつ作られたのかまではわからないが、過去の戦争のときにはなかったのは知っているし、それでなくとも一目でわかるほど新しい。

形こそ実用重視のそっけないものだが、水垢《みずあか》の跡さえないところを見ると、下手すると王国側の宣戦布告を受けて作られたものなんじゃないだろうか。

——ようこそ魔国へ、ってか……？

空を飛べる魔族には、橋は必要ないだろう。

だとするとこれは、これから攻め込んでくる俺たちのために作られたものという可能性が高い。

……だが、俺たちを迎え討つのに最適な『死の平原』があるのに、わざわざ招き入れる理由はなんだろうか。

侵略者が渡るための立派な橋を、敢えて新しくかける狙いは……？

皆目見当がつかなくて、橋に罠がないか丹念に調べてから討伐隊のもとへと戻る。

どことなく不気味さを感じてはしても、後方からは騎士団がやってくることを考えると、俺たちには進む以外の選択肢はなかった。

＊

装備さえ自前で用意させられた、たった三百人の討伐隊の総大将は、いきなり継承権が認められた第二王子のアーサー。

副大将はそのアーサーを長年養ってきたカールソン辺境伯――アーサーの爺さんで、その他の貴族たちもみな、国王に嫌われた者たちの寄せ集めだ。

つまり、クズが六割、日和見が三割、まともなのは約一割という腐りきった貴族たちの中の、約一割のまともな人たちということになる。

そのおかげで軍とも言えない寄せ集めの集団としては驚くほどよくまとまっていて、いまいち戦闘に集中できない俺としてはありがたい限りだった。

「前方に三ツ目兎十四！　こちらで対処します！」

「了解！」

隊列の中央、守りやすいようにとアーサー含めた貴族ばかりが集まっている場所の近くで、慌てて了承の声を上げる。

そして焦りを隠して周辺の森に目を向けて、慎重に魔獣の気配を探った。

ディノといるときは戦闘狂のディノが率先して索敵を行って、疲れた俺が止めるのも聞かず、魔獣が多いほう多いほうへと進んで行ったっけ。

その結果魔獣の大群と連続で戦闘する羽目になるわ、休む暇ももらえないわで大変で……と無意識に記憶に沈みかけて、慌てて両手で頬を叩く。

ディノは、もういない。

もう戻れない過去ばかりを振り返って、楽しい記憶に浸っていても、前にも後ろにも進めない。

ひどく傷つけて突き放したディノにも顔向けができない。

ぐっと歯を食いしばって剣を握り、討伐隊の手に負えない強い魔獣を優先して間引いていく。

魔国はマナが溜まりやすいとは聞いていたけど、このあたりの森はほとんど迷宮化しつつあるみたいだ。魔獣たちが頻繁に襲いかかってきて、四方八方から魔獣発見の報告が入る。

それでもうろたえて逃げ出す者がいないのは、元々魔獣の討伐隊で働いていた者が多いせいか。

どいつもこいつもクズ揃いで剣に振り回されていたボンクラ騎士たちに比べたら格段にマシ……いや、比べるのも失礼なくらい、うまく連携を取れている。

対処可能かどうかをきちんと見極めて、弱い魔獣なら自分たちで戦う。対処が難しい強い魔獣だと判断したら、俺が駆けつけるまでの時間を稼ぐ。

とにかく無茶はせず、回復不能な怪我を負わないこと――それだけは徹底してアーサーが言い含めたおかげもあって、士気は高く、損耗は少なかった。

「後方右舷《うげん》側、ウェアウルフ五匹！」

遠くから聞こえた声に駆け出しながら、オリハルコンの剣を抜く。

接敵は一瞬。

一人の兵士に向けて振り下ろされていた鋭い爪を剣で受け、そのままの勢いで首を落とす。

牙もあらわに飛びかかってくる一匹を身を低くして躱しながら、立て続けに魔獣を屠っていく。

──戦いはいい。

戦っている間だけは、余計なことを考えずに済む。

最強と名高い魔王と戦う不安も、王都に残してきたチビどもへの心配も。

朝焼けに照らされた公園で、らしくないほどの粘りを見せたディノの蒼白な顔も、このじくじくとした胸の痛みさえ、意識から切り離すことができるから。

「中央左舷《さげん》側、キラービーの大群！」

「上空でグリフォンが旋回しています！」

「ああくそっ、ディノはグリフォンを……ッ」

五匹目のウェアウルフを倒しながら叫びかけて、はっと身体を強ばらせた。

ディノはいない。

もうバディじゃない。

いつも背中を守っていてくれた相棒を、ひどく傷つけて無理やりに別れた。

飽きたなんて嘘を吐いて、もう要らないと強がって、引き下がられても突き放して……どこまでも身勝手に、一方的に別れを告げた。

『いついかなるときも支え合うのがバディ』だと、言い出したのは俺なのに。

それをディノは忠実に叶えて、俺が俯きそうなときも、悩んで迷っているときも、俺を支えてくれたのに。

そんな強く優しいディノに対して、飽きたら手放す程度の存在だったなんて嘘を吐いて、あんなにもつらそうな顔をさせてしまった。

——ぐしゃりと歪んだあの顔を、一秒も忘れたことはないのに。

本当にふとした瞬間に、まだディノがそばにいるような気がしてしまう。

隣にできた空白を変に居心地悪く感じて、あたりにディノの姿を探して。それに我に返っては、ぐしゃぐしゃと髪を掻き乱して、それでまたディノの指を思い出す。

髪に、耳に、頬に触れてくるあの優しい指を思い出す。

こうして戦っているときもそうだ。

ディノといた時間よりずっと、ソロだった期間のほうが長いのに。一人ですべての魔獣に対処することを、不便に思ったこともなかったのに。

それなのに、立て続けに魔獣がやってくると、無意識にディノを呼んでしまう。

——くそ。

唇をぶつりと噛み切って、血の味を感じながら跳び上がる。

グリフォンの背を足場にしてさらに高く跳びながら、キラービーに雷を放つ。

威力は弱くてもいいから、早く、広く。キラービーの機動力を奪ってしまえば、あとは隊の人たちでもなんとかなるはずだ。

上空からちらりとそれだけを確認し、宙返りして剣を振りかぶった。

以前のグリフォンより一回り大きいが、この剣ならなんの問題もない。振り下ろした剣は意外なほど簡単に右の翼を斬り落として、もろともに地面に落ちていく。

──真っ二つは、なかなか難しいな……。

あの日のディノはグリフォンの正面に立ち、嘴から尾までをバターのように両断していたけど、あそこまでの腕は俺にはない。

俺もオリハルコンの剣を手にしたから、いつかはできるようになりたいけど……それをディノに見せられる日はきっと来ない。

ディノにはもう、会えない。

結局また同じところに思考が行きついて、つきりとした胸の痛みに苦く笑った。

戦いに昂揚したときの妖しい美貌。眼帯に半分隠されてなお、彫刻よりも美しい寝顔。耳に吹き込まれる蠱惑的な声と、ピアスを揺らしていく指先。

ディノに触れられると、いつも落ち着かない気持ちになるから困るけど、不思議とまったく嫌じゃなかった。

髪を梳く指がくすぐったくて、頬に触れる手が熱を帯びていて──俺もいつか、さらりとした長い黒髪に、白磁のような美しい頬に、触れてみたいと思っていた。

目が合うと優しく細められる金の瞳が、磨かれた金貨よりずっと綺麗で。興奮したときは少し色が濃くなるそれに、いつだって強く惹かれていた。

——そう。

惹かれて、いたんだ。

気づかないうちに。

「そっか、俺、ディノのこと……」

当たり前のようにそばにいたから、気づかなかった。

バディを組んだのも、誰かに背中を預けたのも、昔のことを話したのも、全部ディノが初めてだったから。

髪を撫でられると目を細めたくなるのも、指先が触れると落ち着かないのも、視線が絡んだだけで心臓が変に跳ねるのも、ディノに対してだけだったから。

ディノの距離感が変だから、顔が良すぎるから動揺するんだって勝手に自分で思い込んで、うろたえる心を誤魔化すのに必死で——ディノを特別に想っていたなんて、少しも気づいていなかった。

ディノが笑うと嬉しくなって、ディノのつらそうな顔を思い出すたび、心臓が引き裂かれそうに痛むのも。

たとえディノを深く傷つけたとしても、命を落とすかもしれない戦いに巻き込みたくないと思ったのも。

それもこれも全部、ディノのことが、好きだったからだ。

友情でも親愛でもバディとしての好きでもなく、もっと特別で重たい想いを抱いていたからだ。

——失ってから気づくなんて、本当に馬鹿みたいだ。

ようやく自覚した想いに自嘲《じちょう》の笑みを浮かべながら、地に落ちたグリフォンの心臓を貫く。

討伐隊の面々に感嘆の声をかけられても、金貨十枚はしそうな良質な魔石を手に入れても、気持ちは塞ぐばかりだった。

21

ほとんど迷宮を進むようだったのは最初のうちだけで、やがて街道に行き当たると、進むのはぐっと楽になった。

魔国の中心にある魔王城から西にまっすぐ延び、交易の拠点となっている大きな街の近くで北と南に分かれているその街道は、北のアルテラン王国と南のメイシャン帝国に続いているらしい。

魔国へと食料を運んでいる人間の商人や、鉱石を他国に運んでいるらしい魔族の商人とすれ違い、侵略者としての場違い感に身の縮むような思いがした。

「順調すぎて、嫌な予感しかしないねえ」

「ああ」

主要な街道を侵略軍が歩んでいるにもかかわらず、迎え討つ魔族が誰もいない。すれ違うのは市民や商人たちばかりで、街を守る門番でさえ、俺たちをすんなりと通す異常さだ。

討伐軍はたった三百人程度しかいないが、魔族たちにとってはれっきとした侵略者のはず。

思わず通してもいいのかと確認すれば「上から通すように言われている」なんていう答えが返ってくるし、逆に水や食料の補給はいいのかと聞かれるほど。

不当に攻め込んでおいて食料をもらうほど厚かましくはないものの、新造した橋といい、やけに親切な魔族たちといい、もはや招かれているような状態に警戒はどんどん強まっていく。

——この街道を国土の端まで敷ける国が、弱小国の侵略を受け入れる理由なんてないのになあ。

馬車が四台すれ違えるような広さの道に、平たく黒い石を敷き詰めたような立派な街道。

ムラも凹凸もないそれは特殊な方法で作られたものなのだろうが、夜になるとぼうっと光るところを見るに、どうやら魔石を砕いて練り込んでいるらしい。

それを媒介にして、なんらかの魔法がかけてあるのか、他に何か秘密があるのか。

はっきりとした理由はわからないが、街道の両側にある森ではさかんに襲ってくる魔獣が、何故か街道には入ってこない。マナが濃く、半分迷宮化したような場所では方位も狂うのが普通なのに、この街道ではそれもない。

いったいどんな仕組みなのか。

そして、街中に至っては地面のすべてがこの敷石で覆われているが、どれだけ途方もない金額がかかっているのか。

王都の中でも凸凹した地面が剥き出しになっているカストリア王国とは、国力の差がありすぎる。

「金も技術も個々の強さも劣っているのに、よく戦争を仕掛けようと思ったよなあ。魔国に来たことがなくたって、噂くらいは聞こえてくるんじゃねえの？」

「そう思うでしょー？　なんとびっくりあの馬鹿王、魔王城に行ったことあるから」

「は？」

「たぶんだけど魔王様は、国力の差を見せつけて、二度と攻め込んでこないようにしたかったんだろうね。三十年前の戦争の講和を結ぶときに、王と宰相と一部の上位貴族が招かれたらしいよ」

「……もしかして、アーサーが持ってるその地図って」

「そうそう。そのときの招待状に同封されていたもので、招かれた貴族が記した記録も残ってるよ。魔王城はいくつもの尖塔《せんとう》を持つ立派な城だとか、最強と名高い魔王様はとんでもない美形で、背が高くて、恐ろしい魔眼を持ってるとかさ」

背が高くて、とんでもない美形。ディノみたいな感じだろうか。

恐ろしい魔眼のことは、昔おとぎ話で聞いたことがある。

『虐使の魔眼』――初代魔王からずっと受け継がれている、他者を従える力を持つ魔眼だ。

血を固めたような深い紅色をしていて、目を合わせただけで魔王に心から服従してしまうとかなんとか……どこまで本当かはわからないが、仮に事実だったとしたら魔王が大陸最強と言われるのも当然だろう。

そんなやばい魔眼を持つ魔王を目の当たりにしたのに、もう一回戦争を仕掛けるなんて、ある意味見上げた根性だけど……国王が自分で戦うわけじゃないからなあ。

人を人とも思っていないし、戦争ついでに邪魔な者たちを処分するっていう目的もあるし、一石二鳥くらいに思っていそうだ。

「その地図によると、もうそろそろ――あ、見えた見えた。あれが魔王城だね」

アーサーの言葉に顔を上げると、そこにあったのは想像の数倍はあろうかという巨大な建物。

カストリア王国のそれとは比べ物にもならない威容を誇る黒い城が、俺たちを威圧的に見下ろしている。

それに気圧されそうになるのを懸命にこらえて、敢えて強気な笑みを作った。

*

俺の五倍はありそうな門を守るのは、角と羽をあらわに槍を手にしている魔族の門番。

ディノよりは小さいし、二人を同時に相手にしても俺が負けることはないだろうが、冒険者で言うとAランク相当の強さだろうか。

討伐隊でこの門番と互角に戦えるのは、おそらく十人もいないだろう。

ただの門番でこれほどに強いなら、将軍や魔王はどれほどなのか。魔王軍の精強さはさんざん耳にしてきたが、少しの誇張もないらしい。

ここまで魔族とはまったく戦わずに進んできたが、いよいよ本番ということだろうか。

「魔王城へようこそ、『金の勇者』殿」

「我が君が首を長くしてお待ちです」

どちらからどう倒すかを考えていた俺に、門番たちから声がかかった。

……順調に進みすぎて気味が悪いとは思っていたけど、魔族たちはみんな、上は上でも一番上からの命令で動いていたらしい。

自国をずけずけと侵略しにきたやつらを城に招き入れる目的はわからないが、罠か、作戦か、それとも何か他の理由があるのだろうか。

たった三百人の討伐隊に対して、魔国の戦力は魔王軍全軍。わざわざ城まで来させなくても、俺たちを叩き潰すだけなら国境から一歩踏み込んだところで返り討ちにしたほうが楽だったろうに。

――最強の魔王様にご指名いただくなんて、俺も出世したもんだなぁ。

しかもこの門番たちの口振りからして、招かれたのは俺一人だ。

つまり『死の川』に橋をかけたのも、街に入ることができたのも、やたらと魔族たちが親切だったのも――すべて討伐隊に対してではなく、俺を招くためだったということだろう。

もちろん魔王様との面識はないし、名指しで待たれるような心当たりもないんだけど……もしかして、俺がSランク冒険者だと聞いて、戦ってみたくなったとかだろうか？

強すぎてなかなか本気では戦えないから、対戦相手を探しているとか？

……だとしたら、なんか、何かと手合わせを求めてくるどこかの戦闘狂みたいな理由だ。

もしもディノに事情を話して、ここについてきてもらっていたら、魔王もディノも喜んで戦ったのかもしれない。

——なんて、な。

すぐにディノのことを考えてしまう自分に苦笑しながら、その場でとんとんと軽く跳ねた。

いよいよ最強と名高い『黒夜の魔王』とのご対面だ。

戦えないアーサーを含む討伐隊の面々をこの場に残していくのは不安だけど……道中の対応を思い返すと、きっと悪いようにはしないだろう。

殺すつもりだったらそれこそ、今までに何度もチャンスはあったのだし。どこぞのクソジジイみたいに俺に対する人質にするなら、この中から数人捕まえたほうが楽だろうしな。

……チビどもを人質にして脅す自国の王より、魔王のほうが信頼できるのも変な話だけど。

「失礼。私がこの隊の代表のアーサー・フォン・カールソンだ。その口振り、招かれたのは『金の勇者』だけということか？」

「そうだ。貴君らはここで待機せよ」

「待っていれば『金の勇者』を無事に返してもらえると？」

「それは我が君が決めることだ」

食い下がろうとするアーサーを手振りで止めて、門のほうへと歩み寄る。

黒く巨大な城から感じる、あまりにも強大な何かの気配。

あれに勝てるとは正直まったく思わないが、ここまで来て尻尾《しっぽ》を巻いて逃げるつもりもない。

勝つにしろ負けるにしろ、一度は全力で挑まなければ、ディノを傷つけてまでここにやってきた意味がない。

「アーサー。孤児院のこと、よろしくな」

「レン、お前……！」

「あとディノにも。もしいつか会うことがあったら、嘘吐いてごめんって伝えておいてくれ」

あれだけ深く傷つけたから、ディノは二度とカストリア王国には来ないかもしれないけど……それでも生きていればいつか、二人が会う日が来るかもしれないから。

その未来に俺がいなくても、俺が吐いた嘘のことを、傷つけてしまったことへの謝罪を、伝えてほしいと思うから。

もちろん俺だって、そう簡単に死ぬつもりはない。

これから魔王と戦って、奇跡的に生き残れたら。孤児院や国の問題を解決して、脅しで俺を飼い慣らしたつもりでいる国王たちに一矢報いることができたら。

そうして自由の身になれたら、どこまでもディノを追いかけるつもりだ。

追いかけて、追いかけて、もう一度会えたらあの日のことを謝って。謝って、謝って、声の限りに謝り倒して、どうにか許してもらえたら、またバディになってほしいと頼み込むつもりだ。

それがどんなに低い可能性でも、道がないわけではないはずだから。

「嫌だね。このボクを伝言板にしようなんて百年早いよ」

だから生きて戻ってこい。そう暗に伝えてくる幼馴染に背中越しに手を振って、門の中へと一歩踏み出す。

眼前にそびえ立つような黒い城が、静かに俺を見下ろしていた。

22

陽に照らされているのに薄寒く感じるのは、マナが異常に濃いからだろうか。

ねっとりと身体にまとわりつくようなそれは、大迷宮メディエンヌの最深部よりさらに濃い。

魔力耐性のない人であれば数分ともたずに倒れるだろうし、慣れている俺でも少し息苦しく感じるくらいだ。

魔王は魔国を治める国王くらいの認識だったけど、もしかしたら迷宮の王に近い存在なのかもしれない。

大迷宮メディエンヌにいた白銀の竜とは比べ物にならないほどの威圧感が、一個人に許されるものとは到底思えなかった。

――となると、魔族が大昔は人間だったってのも本当なのかな。

マナが濃い場所では魔法の威力が上がるけど、動物も植物も異常な進化を遂げてしまう。そのために大昔に人間が変化して、角や羽が生えたのが魔族だという説がある。

魔族の寿命が長いのも種族による特徴ではなくて、体内魔力が多いからだろうという話だ。人間としてはかなり魔力が多いほうの俺もたぶん老化は遅いし、人より長く生きるんだろうと思う。

……そういえば、ディノの年齢を聞いたことがなかったけど、いったいいくつだったんだろうか。

俺が気圧されるほどの膨大な魔力を持っていたし、ああ見えて案外歳だったりするのかもしれない。

緊張を紛らわすためにそんなことを考えながら歩いていると、ようやく魔王城の扉が近づいてきた。

門からすぐ近くにあるように見えたけど、あまりに巨大なせいで錯覚させられていたらしい。

間近に見上げた城の扉は、俺の身長の三倍ほどあって、おとぎ話に聞く巨人の城のようだった。

「お待ちかねってのは本当らしいな」

重々しい音を立てて開いていく扉を眺めながら、腰に下げた剣にそっと触れる。

ディノと初めて踏破した、大迷宮メディエンヌで手に入れたオリハルコンの剣。

値段も付けられないほど希少なものをあっさりと俺に譲った涼しい顔を思い出して、きゅっと唇を引き締めた。

案内はない。

だが、薄暗い廊下の燭台《しょくだい》に次々と火が灯っていくところを見るに、迷う心配はなさそうだ。

史上最強と名高い『黒夜の魔王』。屈強な魔族たちを統べ、城の外までその異様な魔力を垂れ流している強大な力の持ち主は、いったいどんな存在なのか。

この身体と剣しか持たない俺は、活路を見出《みいだ》すことはできるのか。

扉をくぐってひたすらにまっすぐ進んだ先。

謁見の間らしき豪奢《ごうしゃ》な扉がゆっくりと開いていくのを見つめながら、拳をきつく握りしめた。

＊

血のような赤の絨毯が敷かれた大広間から、数段上がったところにある豪奢な椅子に、その黒衣の男は腰掛けていた。

仕立てのいい長衣には恐ろしいほど細かな金刺繍《ししゅう》がびっしりと施され、はだけた胸元には重そうな金の装飾が下がる。

黒く艶やかな角のせいか冠などは被っていないが、その顔の右半分を覆う金の仮面が、冠よりよほど華やかにその人を彩っていた。

……だが、それほど華美な装いでも、この男を飾るにはとても足りない。

ゆるく結い上げられた金混じりの黒髪。完璧な造りをした目鼻立ち。

見上げるほどの体躯と鍛え抜かれた肉体美を持ち合わせている、蝙蝠めいた黒い羽を広げる男。

磨かれた金貨のような金色の瞳が、いつものように俺を射抜く。

「よく来たな、レン。『金の勇者』レンフィールド」

「は……？　ディノ、なんでここに……？　その格好は……」

「改めて名乗ろう。冒険者『幽玄の黒』にして第五十四代魔王、『黒夜の魔王』ディノヴェリウスだ。

久しぶりだな」

淡々としたディノの声にひゅっと口から吐息が漏れて、思考が完全に停止する。

今、ディノはなんて言った？

『幽玄の黒』にして第五十四代魔王？

……ディノが、あの、最強と名高い『黒夜の魔王』だって？

「……んな、馬鹿な」

「いつか話したことがあるだろう？　眼帯の下にあるものについて『お前にはいずれ、見せる日も来るだろう』と」

確かに、聞いた。

大迷宮メディエンヌを踏破したあと、一緒に寝泊まりするようになったあの孤児院の狭い部屋で。

眼帯の下が気になった俺に『まだ人に見せたことはない』と、『傷らしい傷はない』と言っていた。

……ディノが『人』と言っていたのはもしかして、他人のことではなく、種族としての人間のことだったんだろうか。

他の誰にも見せたことがないという意味ではなくて、まだ人間には見せたことがないと……魔族にしか見せたことがないという意味だったのか？

ディノが紫のサーベルタイガーを使役したとき、自ら眼帯を外していたのを覚えている。その瞼の下にある瞳の色は見ていないけど、傷一つない美しい顔は目の当たりにした。

——眼帯の下に、あるものって……。

組んでいた長い脚を地に下ろして、魔王がゆっくりと立ち上がる。陽を知らないようなその手が華やかな金の仮面にかかり、無造作にそれを外していく。

そして現れたのは、あの日と同じ美しい顔と――血を固めたかのような、ひどく禍々《まがまが》しい紅《あか》の瞳。

代々の魔王に引き継がれるという、他者を使役する力を持つ魔眼。

他者を、使役……？

もしかしてオッソ村で眼帯を外したときも、ディノはあの魔眼を使っていたのか？

サーベルタイガーの本能に反するような使役を行えたのは、特殊な魔法なんかじゃなくて、魔眼の力だったのか？

妖しく輝く紅の魔眼を呆然と見つめて、何度もまばたきを繰り返す。

あんなに会いたかったディノがいる。

距離にしたら十数歩、数段上ったところから、まっすぐに俺を見下ろしている。

……でも、その角が、羽が、紅の魔眼が。

その身に纏う魔王の衣装が、俺の知るディノじゃないと告げてくる。

「虐使の、魔眼……」

「ああ、そうだ。何かと制限は多いし、使い勝手は良くないがな。私が『魔王』だと理解できたら、賭けをしよう『勇者』」

「賭、け……？」

レンではなく、『勇者』と。

敢えて突き放すような呼びかけに胸が痛むのを感じながら、呆然と言葉を繰り返す。

何が起きているのかよくわからない。

俺は、魔王と戦いに来たはずで。

そのためにディノを傷つけて、無理やりに別れを告げたはずで。

それなのに本当はディノが魔王で、『虐使の魔眼』を持っていて——紅と金の両方の目で、冷たく俺を見下ろしている。

ディノが、遠い。

いつも肩が触れ合うくらいに近くにいたのに。

戦うときは互いの背中を預け合って、迷宮の中では身を寄せ合うようにして眠りについて。

いつも、誰よりそばにいたのに。

——どうしてディノが隣にいなくて、あんな遠くの高いところにいるんだろう。

回らない頭で考えようとするけれど、ぐちゃぐちゃな心のせいで思考が全然まとまらない。

「国と互いの命を天秤に乗せた、簡単な賭けだ。魔国の王は代々戦いで決まっていてな。勇者が私を殺せたら、この魔眼がひとりでに引き継がれ、お前は第五十五代の魔王となる。侵略は無事成功ということだ」

「もし、俺が、負けたら……？」

「カストリア王国を地図から消そう」

あまりにも平然と告げられた言葉に俺がひゅっと息を呑んだのと、ディノが大剣を抜いたのは同時だった。

大剣を抜きざまに振り下ろす、ディノが得意とする攻撃だ。

ほとんど反射で剣を抜いてそれを受けて、そのまま大きく跳びのいた。が、取った距離が少し足りない。すぐさま大剣が横薙《よこな》ぎに振るわれ、受けきれない衝撃に身体が吹き飛ぶ。

かろうじて剣で受け流しはしたが、無様に転がった俺の隙を、ディノは見逃しはしなかった。

頭上から落ちてくる業火に目を剥いて、風魔法で自分を吹き飛ばして回避する。

魔法ありの手合わせもそれなりに行ってきたが、そのときよりずっと苛《か》烈《れつ》な攻撃だ。

避けた先にもさらに雷魔法が展開されていて、宙を蹴って身をよじる。

だがその先に待っていたのは、羽を広げたディノだった。

「ぐっ……！」

痛烈な蹴りを腹に食らい、地面に叩きつけられる。息が詰まるような衝撃に肺から一気に空気が漏れて、目の前が一瞬暗くなる。

だがその痛みよりずっと、混乱のほうが強かった。

——俺が負けたら、国を消すって……。

小さくて貧しいけれど、俺の故郷だ。消されると言われて、はいそうですかとは思えない。

でも、俺が勝つ条件はディノを殺すことだ。

ディノを殺して、魔眼と魔王の座を奪うこと。殺さずに無力化できるような相手じゃないし、国を、みんなを守りたいならそれしかない。

……でも俺は、ディノを、殺したくない。

当たり前だ。

ディノに死んでほしくないから、傷つけてでも突き放したんだ。

みんなを守りたいから魔王と戦うしかなかったけど、ディノは巻き込みたくなくて。

どんなに一緒にいたくても、ディノを傷つけたくなくても、ディノが死ぬよりはずっとマシだから
……だから無理やりにディノと別れて、死ぬ覚悟を決めてここに来たのに。

どうにかして魔王を倒して、みんなのことも解決して、ディノを追いかけて謝りたいと思っていたのに。

――なんで、ディノが、魔王なんだ……。

国王に逃げ場を塞がれて、ただ一つの活路を探して魔国まで来た。

魔王を殺す。それが無理なら魔王と戦って討ち死にして、俺の首一つでチビたちのことは見逃してもらう。

そのための準備はしてきたし、あとは魔王と全力で戦うだけのはずだった。

どうにかして生き残れたらそれでいいし、たとえ命を落とすとしても、ディノに恥じないような戦いをしたいと。

『幽玄の黒』のバディだった『金の勇者』は、最強の魔王を相手に死力を尽くして戦ったんだと。この世界のどこかにいるディノに伝わるような戦いをしたいと、思っていたのに。

どうして俺は、人生で初めて好いた相手と戦っているんだ。

「……弱いな」

「まだまだ、だッ！」

ディノを殺すか、俺が死ぬか。それだけなら少しも迷わなかった。

どこの誰とも知れない魔王に殺されるより、ディノに殺されるほうがいい。

二度と会えないと思っていたディノに最期にもう一度会えて、その手で向こうに送ってもらえる。

そんな嬉しいことはない。

だから賭けがそれだけだったら、嬉々《きき》として全力で戦って、満足しながら逝っただろう。

――でも、ディノとみんなを天秤にかけられたらどうしたらいい？

俺の知るディノなら、無愛想だけど優しくて、俺と遊ぶチビたちを目を細めて見つめていたディノなら、何があっても彼らを殺しはしないだろう。

でも、魔王は？

強大な力を持つ、『黒夜の魔王』としてのディノはどうなんだ？

大剣で、魔法で、その羽を活かした動きで俺を容赦なく追い詰めるディノは、本当に俺の知るディノなのか。

俺が知るディノはどこまでが本当で、どこからが嘘だったんだろう。

俺に優しく触れた指は？　別れのときの蒼白な顔は？　見逃してしまいそうなほどささやかな微笑みは、俺を見て優しく細められる目は、どこまでが本当だったんだろう。

凄まじい速度で繰り出される剣戟《けんげき》を受け流し、同じだけディノに剣を向ける。

バディを組んでいた間、ほとんど毎日していた手合わせと同じ型だ。

一撃が重いディノに対して、速さに特化した俺の剣。

勝ち切ることはとうとう一度もできなかったけど、力での勝負は分が悪いからと、とにかく手数で攻めていた。長剣と大剣のリーチの差を活かして懐に飛び込んで、眼帯の作る死角を狙ってときには貫手も放ったりして、果敢にディノと戦っていた。

……でも今日は、動揺しすぎてそれもできない。

ディノの重い攻撃を受け流すのに精一杯で、じりじりと壁際に追い込まれていく。

完全に追い詰められるのを避けるために、ときどき跳躍して躱すけど、羽のあるディノに蹴落とされるだけ。

「剣に迷いがあるな」

額から垂れた汗が顎を伝っても、剣先が力なく地面を指しても、答えはいまだに見つからない。

「うるせえ！」

迷わないわけ、ないだろう！

そう言い返したいのを飲み込んで、突き込まれた剣を無理やりに弾く。

胸元の金貨が踊るように跳ね上がり、燭台の光を弾いてきらきらと輝く。

それに目を奪われた次の瞬間、ディノの大剣がすっぱりと紐《ひも》を斬り落とした。

「あ」

間抜けな声を上げた俺の目の前で、ころころと金貨が転がっていく。

それに目もくれないディノの剣先がピアスを揺らし、ひたりと首筋に添えられる。

俺の、負けだ。

結局ディノもみんなも選べなくて、攻撃が精彩を欠いていた。

……いや、違う。

心ではみんなを守らなきゃって思っていたのに、身体がディノに剣を向けるのを嫌がっていた。

どうしてもディノを殺したくなくて。ディノを殺すくらいなら、このまま殺されてしまいたいとさえ思っていた。

これはきっと、その結果なんだ。

「いったい何のためにここに来た。魔王を殺して運命を切り開くためではないのか？」

「俺、は……」

「下衆に踊らされて野垂れ死んで、悔いがないと言えるのか？ 満足したと言えるのか？ 私はそんな弱い男に惚れた覚えはない！」

ほとんど怒号のようなディノの言葉に、はっと身体を強ばらせて、間近にある顔をそろそろと見上げる。

いつから俺は、俯いていたのか。

いつの間に、ディノの顔が見えなくなっていたのか。

燃えるような紅の瞳と、怒りに輝く金の瞳。

顔のすべてを晒した姿は見慣れなくても、それは間違いなくディノの顔で……心底怒りを表しながらも、その眼差しには温かなものが含まれていて。

俺がようやくディノを見たのが伝わったのか、ディノが剣を下ろして俺の手を掴んだ。

強く引かれたその手が導かれた先は、数多の宝飾品で飾られたディノの首。

頸動脈《けいどうみゃく》に触れさせるように俺の手をそこに押し当てたディノが、鋭い眼差しで俺を射抜く。

「どうしたいのか、言ってみろ。首でもなんでもくれてやる」

低く轟くような声で告げられた瞬間、背筋にぶるりと震えが走った。

あれはまだ冬の始め。ギルドで悲痛な声を上げていたオッソ村のガキどもを助けたくて、ディノを説得するために振り向こうとしたとき。

俺の瞳を覗き込んできたディノが、『青いのに、触れたら熱そうだ』なんて言い放って、俺の目を燃える炎にたとえて、睫毛の先にそうっと触れた。

俺が冗談で言った『いついかなるときも支え合うのがバディ』という言葉を持ち出して、俺が何かを言う前から、俺の背中を押してくれた。

そのときをなぞるようなセリフに、以前とは違う燃えるような眼差しに、胸が掴まれたような心地がする。

心臓がばくばくと脈打って、頬にかあっと血が上って、目の奥がじわりと熱くなる。

——これだから、ディノは……。

強く優しく頼もしく、ときどき恐ろしくもある俺のバディ。

首でもなんでもくれてやる、なんて。俺が望むならその命さえも差し出すなんて。いったいどれほどの想いなのか。

惚れているのは俺のほうだ、と文句にもならないことを心の中で呟いて、ずるずるとその場にしゃがみこむ。

「……はは、どんな背中の押し方だよ、おっかねえ。……ディノだけは巻き込みたくなかったのに、まったく、なんでこうなるんだか……」

「巻き込みたくない？　飽きたから私を捨てたんだろう？　レンにとって私はその程度の存在だったと、そういうことだろう？」

「違う、それは……！　好きだから、ディノに死んでほしくないから、離れようと思ったんだ……」

消え入りそうな声で本音を告げて、震える両手をぎゅっと握る。

右手に残る、ディノの体温。手のひらに伝わってきたディノの鼓動。

『首でもなんでもくれてやる』とディノは言ったけど、そんなの全然欲しくない。

俺にディノは殺せないし、殺したくない。

……でも、これからいったいどうしたらいいんだろう。

カストリアの愚王は、魔王を殺して魔国の領土を切り取るか、魔王に殺されて俺が死ぬかのどちらかでなければ納得しない。

もし俺が死体もなく行方をくらませば、逃げ出したのだと判断されて、例の脅しがすぐに実行に移されるだろう。

下衆な国王に振り回されて野垂れ死ぬのは嫌だ。

だが、今日ここに至るまで、アーサーが万策尽きたと天を仰ぐくらいには手を打ってきた。

討伐隊を反転攻勢させて王を討つのはもちろん考えたし、魔国に潜伏して再起を待つという案も検討した。……用意周到な愚王が国王派の貴族たちに声をかけ、圧倒的な兵力で俺たちの後ろを固めるまでは、どうにかしようと足掻いていたんだ。

どんなに小さな可能性でもいいから、少しでもマシな未来にできないかと、考えて、考えて、手を尽くしきってここまで来たんだ。

「つっても、ほんと、いまさらだけどな……孤児院のチビたちも、街の人たちも、ディノも……俺はみんなを守りたかっただけなのにな」

せっかくディノが背中を押してくれたけれど、俺にはもう、どうしたらいいのかがわからない。

魔王と魔国。愚王とカストリア王国。俺への脅しのため騎士団に押さえられている孤児院と、戦死させるために従軍を命じられた、俺を含む討伐隊。

そして、俺たちが逃げ出さないよう追い詰めつつ、手柄を横取りするために追いかけてきている、討伐隊の三倍の数の騎士団とさらに数倍の義勇軍。

……『勇者』と『魔王』が和解したくらいでは、戦争はもう止まらないし、止められない。

無様にしゃがみこんだままがしがしと髪を掻きむしるけど、今の俺では、情けない泣き言しか口に出せそうにない。

——らしくねえって、自分でも思うのに。

悔しさにきつく唇を噛むと、ぽんと頭に手が乗った。

そのままわしわしと髪をかき混ぜてくるそれは、いつもと同じディノの手だ。

犬にするように両手で髪を乱したかと思えば、ピアスを指先でしゃらりと揺らす。

久しぶりのその仕草に、また鼓動が速くなっていく。

「わかった」

「え？」

「一方的に切り捨てられて、不満に思わなかったと言ったら嘘になるが……私を守るためだったと言うなら、仕方ない。惚れた弱みだ、叶えてやろう」

仕方ないと言いつつ嬉しそうに口元を緩めて、ディノがするりと頬を撫でた。

そして、俺が言葉の意味を聞き返すより一瞬早く、ディノが詠唱を開始する。

音楽的でいて威圧的な、攻撃的でいて包み込むようなその声に大気中のマナが震え、空気がみしみしと軋んでいく。地面に描かれていく魔法陣は尋常じゃないくらいに複雑で大きく、低く響くディノの声に赤々と輝きを増していく。

――さっきは本気で斬り結んだと思っていたけど、まだディノは本気じゃなかったらしい。

これが攻撃魔法だったら街一つが塵《ちり》になるんじゃないかと思われるほどの魔力が込められ、とうとう目を開けていることも難しくなる。

俺の腰を支えて立たせたディノに縋りつきながら瞼を閉じると、すぐに周囲が眩しくなって――一瞬の浮遊感ののち、知らない誰かの声がした。

「なっ、なんだ貴様らはッ！　どこから現れた！」

……訂正。

ひっくり返った悲鳴だから聞き覚えがないと思っただけで、声の主は俺が知っている人だった。

光にくらんだ視界に映し出されたのは、傲慢《ごうまん》で強欲で民から搾り取ることしか考えていないのに、自分の地位を守ることには抜け目のない愚王。腰を抜かして尻《しり》もちをついている好色クソジジイの近くには、いつかの下衆な宰相や、国王派の腐れ貴族たちもいる。

この部屋には見覚えがないけれど、この無駄に豪華でセンスのない内装に、窓から見える王都の街並み。

……まさかとしか思えないけど、間違いない。

どうやら俺は、俺たちは、まばたきほどの間にカストリア王国の王城にやってきたらしい。

23

転移魔法。

難解な魔法式と膨大な魔力を必要とするため、大昔に失われたはずの魔法だ。

それをしれっと使ってみせるなんてディノらしいとしか言いようがないが、こんなところに直接転移するのはどうなんだろう。

壁にかけられているのは引き伸ばされた魔国の地図。

点々と印が付けられているのは討伐隊と騎士団の現在地のようで、討伐隊は魔王城の手前だが、騎士団はまだ『死の平原』にいるらしい。

せっかくディノが橋まで作ってくれていたのに『死の川』を越えては攻め込まず、討伐隊が全滅するのを待っているのか。万一戻ってくる者がいたらすぐ殺せるように、そこに陣を作って待ち構えているのか。

どちらにせよ、侵略中とは思えないほど呑気《のんき》な進軍具合だ。

国王と宰相、その取り巻きらしき二十名ほどの貴族たちの手には高そうなワイングラスがあり、頬もわずかに色づいていた。

——俺たちが魔王城に着いたなら、どう転んでも国王にとってはプラスだもんなあ。

魔王が俺を含めた討伐隊を全滅させてくれれば、邪魔者がすっきりいなくなる。

逆に俺が魔王の討伐に成功したら、魔国の領土は国王のもの。後腐れのないように騎士団に討伐隊を処分させ、勇者は魔王と相討ちになったと発表すればいい。

もし魔王と勇者が相討ちになっていても同様だ。

魔国の領土は国王のものに。討伐隊にいる反国王派の邪魔な貴族たちは処分して、その土地と金は国王派の貴族に分配を。

そうすればカストリア王国は、国王にとって最も都合がいい形に生まれ変わる。どう転んでも国王だけは利益を得られる、完璧な策のはずだった。

——まさか誰も、魔王と勇者が元バディで、二人仲良く城に乗り込んでくるとは思わない。

「ま、まままま、魔王ッ!?」

「魔王と勇者が、何故ともに……!」

「勇者め、さては内通しておったのか！」

「誰かおらぬか！　早くこいつらを取り押さえよ！」

「……騒がしいな」

蜂の巣をつついたような騒ぎの中、低く呟いたディノの声を耳にして、内心であーあとため息を吐いた。

ディノがこの声を出すのは、相当苛立っているときだ。

前に聞いたのは確か、ジュルラック領の街道を呑み込んで広がっていた迷宮で、虫系の魔獣の大群に襲われたとき。斬っても斬っても尽きない敵にディノがとうとうブチ切れて、地獄の業火を広範囲に使って、あたり一面が焼け野原になった。

消火がかなり大変だった。

——まさかここで燃やしはしないと思うけど。

ディノはどうするつもりなんだろう、と静かに成り行きを見守っていると、どうやら魔眼を使うことにしたらしい。

紅の瞳と目が合った者がふらふらと立ち上がり、壁際でディノに向かって平伏する。

それを目にした者が驚愕《きようがく》の目でディノを見つめ、また魔眼の支配下に置かれることになり、虚《うつ》ろな目で壁際へと向かっていく。

そうして一人ずつ壁際に向かっていき、最後に残されたのは異様な光景に慄《おのの》く国王。

無様な悲鳴を上げながら後ずさる姿はなんとも言えず情けなくて、俺はこんなのに脅されて悩んでいたのかとつくづく馬鹿らしくなってくる。

「ひ、ひぃ……ま、待ってくれ！　か、金ならあるッ！　いくらでもやる！　勇者よ、そちは金が好きだろう!?　魔王を説得したら金貨五百枚でどうだ！」

「……だ、そうだが？」

『金についてはレンに任せた』そう言って憚《はばか》らない男が振り返って俺を見て、思わず小さく笑みをこぼした。

さすがの俺でもこの状況で一稼ぎしようとは思わないけど、ディノは今でも俺に任せてくれるつもりらしい。

一人ずつ目を合わせる必要がある魔眼を使うより、大剣でまとめて首を狩ったほうがずっと楽で早いだろうに、それをしなかったのも俺のためなんだろう。

ヨーゼフ・ファン・ジュルラックに復讐するとき、俺があくまでも正攻法にこだわったから。

簡単に首を刎ねてしまうのではなく、法的にきっちりと責任を取らせたいと話していたから、それを守ろうとしてくれているんだろう。

——ディノは俺に、甘いよなあ。

惚れた弱みとかいうのを鵜呑《うの》みにするわけじゃないけど、ディノの言葉にすんなりと納得してしまうくらいには、まっすぐに気持ちを向けられていた。

凹んだときは寄り添って、迷ったときは背中を押して、別れを告げれば縋りついて——直接的な言葉はなくても、ディノはそうして想いを示してくれていた。

今となって思い返せば、どうして気づかなかったのか不思議なくらいに、ひたむきに俺を見つめてくれていた。

それに改めてくすぐったさを覚えながら、敢えてにやりとした笑みを浮かべる。

どんなときも金《かね》に貪欲《どんよく》。それでこその『金の亡者』だ。

押し付けられた『勇者』なんて称号より、ずっと俺に似合いの二つ名の通り、しっかり稼がせてもらおうか。

「前金として金貨百枚。成功報酬金貨千枚を王の個人資産から支払うこと。その旨の契約書をすぐに認めること。その条件を呑むなら、穏便に済ませるよう魔王を説得してやってもいい」

「呑む！　呑むから早くせい！」

食い気味に答えた国王に契約書を書いて渡してやると、ひったくるようにしてサインをする。そして大粒の宝石がついた金の指輪を前金代わりに投げて寄越して、国王がひいひいと走り始めた。

俺の説得が無事に終わることを疑ってはいないようだが、この異様な部屋にこれ以上いたくないらしい。

豚のような巨体を揺らして去っていく背中をじっと見送り、敢えて楽しげな声で告げた。

「魔王様。そんなわけで、穏便にアレの仲間にしてやってくれる？」

「なっ⁉」

「殺されるところを止めてやったんだから、充分穏便ですよね、国王陛下？」

ディノは殺す気はなかったようだけど、それは言わなきゃバレやしない。

驚愕に振り返った国王ににっこりと笑って告げてやると、俺を睨む怒りに満ちた目が、すぐにどろりと濁っていった。

ディノの魔眼だ。

驚愕と怒りを浮かべていた顔からすとんと表情が抜け落ちて、国王がふらふらと壁際に吸い寄せられていく。

平伏したまま動かない仲間たちの横に、崩れ落ちるように跪き、両手を揃えて平伏の姿勢へ。

やたらと華美な格好のまま悪趣味なオブジェと化した一団を前に、呆れ顔でディノを見上げた。

「なぁにが『使い勝手は良くない』だよ。ほとんど反則だろ、その魔眼」

「だが、レンは弱点に気づいただろう？」

「目を合わせないと使えない、発動まで約五秒かかる、ってくらいか？　こんなん弱点には入らねえだろ」

「だが、五秒もかかるのでは戦いにはとても使えない。それから、私を恐れている相手にしか効かないという欠点もあるな」

「この世界の大半は、最強の魔王が怖いんじゃないの？」

「ああ。だが、レンは私を恐れていない」

そりゃそうだけど……それってどういう意味だ？

俺に魔眼が効かないことが、残念だった？　本当は俺にも魔眼を使いたかった……なんて言わないよな？

こんな奇怪な一団に加わるのは、絶対勘弁してほしいんだけど。

ディノの指示がない限り平伏し続けるだろう男たちを見下ろして、再びディノに視線を戻す。

俺の肩に伸しかかり、しゃらしゃらとピアスを揺らしているでかい男が、耳元で甘く囁いてくる。

「一方的に別れを告げられたときは、いっそ無理やりに支配して、私のものにしようかと思った」

「……っ!?」

「冗談だ」

ぺろりと耳を舐められて慌ててディノから距離を取り、ぱくぱくと口を動かして言葉を探す。

冗談……って、今の本当に冗談か!?

かなりマジな声に聞こえたんだけど!?

めずらしすぎる作り笑顔が、誤魔化しのようにしか見えないんだけど!?

……や、やっぱり、これ以上聞くのはやめておこう。

ここを下手に掘り返すと、なんかやばいことになりそうだ。

＊

ディノが指を鳴らすとどこからともなく魔族が現れ、国王たちをさくさくと拘束していった。

騎士や使用人の服を着ていたから、この城にあらかじめ潜伏させていたんだろうか。呼んだついでに「この城を制圧するように」とも命じていて、ディノの魔王らしい姿にちょっと目眩《めまい》がした。

いまさらだけど、魔王兼冒険者ってなんだよ。

どうせ世界中の手強い敵と戦うために、とかそんな理由で冒険者を始めたんだろうけど、どう考えても反則だろう。


「で、ディノは今度は何してんの？　これなんの魔法陣？」

「召喚だな。あらかじめ向こうに陣が仕込んであるから、これは起動をするだけの陣だが」

「ふーん」

となるとこれから喚《よ》ばれるのは、たぶん――と俺が想像した通り、転移魔法の光が落ち着いた後に目を開けると、魔法陣があったところにアーサーがいた。

片手には固焼きパン、片手にはそれをふやかすための具のないスープ。行軍用の質素な服に身を包んで口いっぱいにパンを頬張っている姿は、とても王子とは思えない。

……別にいいけど、全然いいんだけど、俺が魔王と命懸けの戦いをしている最中にしては、かなり呑気で気の抜ける姿だ。

食事が喉を通らないほど心配しろとは言わないし、仮にそうだったら気持ち悪いとすら思うけど、なんだか妙に脱力してしまう。

カストリア王国が魔王の手に落ちた、まさに歴史的な瞬間のはずなのに、まるでいつもの店にいるかのような――ちょっと呆れたような沈黙の中で、アーサーがパンを飲み込む音が大きく響いた。

「え……ちょっ、何この状況……？　壁際のあれ何？　気持ち悪……」

俺を見て、ディノを見て、壁際の貴族たちからちょっと距離を取ってから、アーサーがきょろきょろとあたりを見回している。

「魔族？」「まさかここって王城？」「王冠被って平伏してる豚ってまさか……」とか聞こえてくるあたり、混乱しつつも状況は把握しつつあるみたいだ。

さすがアーサー、理解が早い。そのお前が豚って言った情けないおっさんは、お前の血縁上の父親だけどな。

なんでこうなったのかを聞かれても、どう説明したもんかは悩むところだけど……と俺がディノに視線を向けると、ディノが軽く頷いた。

頼もしすぎる俺のバディは、アーサーへの説明も担ってくれるらしい。

「クーデターだ。主犯は貴様だがな」

「いきなりなすり付けられたんだけど!?　何!?　誰!?　どういうこと!?」

「うるさい。どうせ準備はしていたんだろう？　まあ、嫌だと言うならすぐに攻め滅ぼしてやってもいいが。温厚な私と違って部下たちは、手加減なんぞ知らんだろうな」

「レンちょっとこの魔族怖いんだけど!?　何者!?」

「気安くレンに近づくな」

ディノの雑な説明にアーサーが悲鳴じみた声を上げて、俺のほうへと向かってくる。

けどその手が俺に届く前にアーサーの首をディノが掴んで、子猫のように引きずっていった。

……このやり取りも、久々に見るなあ。

仲がいいのか悪いのかは相変わらずよくわからないけど、魔族ということに気を取られていたらしいアーサーも、ようやく相手に気がついたらしい。

「なーんだ、どこぞの黒い人か。びっくりした」なんて言葉を漏らして、すぐに落ち着きを取り戻して、いつものようにディノとぽんぽんと軽口を叩き合っている。

もう慣れたからなんとも思わないけど、顔を突き合わせるたびに必ずこうしてぶつかるのは、二人なりの挨拶みたいなもんなんだろうか。

二人とも俺に対する態度よりも気安い気がして、ちょっともやもやするんだけど。

「で？　レン、これ、どういう状況？」

「えーと……なんかディノが魔王だったみたいで、いろいろあって、さっき王城の制圧が終わったらしい？」

部下の人が完了の報告に来てたし、間違ってない、よな？

確認の意を込めてディノを見上げると軽く頷きで返されて、背中からそっと抱き込まれた。

……前も距離が近かったけど、なんかさらに近くなってないか？

両想いだってわかったからとか、そういうアレ？　雨降って地固まる的なやつ？

幼馴染の前でくっつくの、正直すげえ気まずいんだけど。

アーサーも察した顔で目を逸らしてるし、いたたまれなさがすごいんだけど。

「ああ、うん、だいたいわかった。ここまでお膳立《ぜんだ》てしてもらったら、あとは詰めていくだけだし、残りはボクが引き受けるよ。ここにいる豚に代わってボクが王になるけど、黒い人改め魔王様としてはそれでいい？　他に何か条件はある？」

「構わん。条件はないが、伝えておくことがある。魔国としては攻め込んできた侵略軍を相手に遠慮する理由がなくてな。例外は私が直々に通すよう伝えた『金の勇者』の一団だけで、平原の連中はいつものように、部下たちが丁重に出迎えている」

「わあ、ボク、レンの友だちで良かったー」

「私としては、貴様は向こうにいてほしかったがな。魔王城近くに残っていた一団も、そろそろ中庭に転移してくる頃だろう」

え、丁重に出迎えって……それってつまり、後詰めの騎士団と義勇軍は、侵略者として魔王軍に攻撃されてるってこと？

まだ『死の平原』にいたのもそのせい？　俺たちが逃げ帰れないように塞いでたんじゃなくて、ただ進めずにいただけってこと？

国王たちはそれも知らずに、作戦通りに布陣したんだと思い込んで、ワインで乾杯してたのか？

……それはそれは……ご愁傷さまというかなんというか……まあ、因果応報か。

魔王様に見逃してもらった俺が言えたことじゃないけど、不当に他国に攻め込んだんだから、反撃を食らうのは当たり前だし。強制的に従軍させられた俺たちとは違って、功を求めて自ら参加したんだし。

精強と名高い魔王軍の攻撃を受けたら壊滅必至だとは思うけど、せいぜい健闘してほしいね。

もちろん、魔族のみなさんに迷惑をかけない程度にだけど。

「それは随分と風通しがよくなりそうだね。朗報をどうもありがとう。お礼はレンでいいかな?」

「はあ!?」

「貴様にもらう謂れはないが、レンと私はここまでだ。あとは好きにするといい」

「はいはーい、どうぞごゆっくり」

「えっ、ちょっ、」

どういうことだ!? と俺が口を開くより早く、ディノが転移魔法を展開する。

……こっちに来るときよりも詠唱が早いのは、魔王城に戻るからだろうか。

二人の話が早すぎて状況についていけてないけど、カストリア王国のクーデターがアーサーの手に委ねられたことと、俺たちがお役御免ということはわかった。

王城の制圧は終わっているし、国王派の上層部は平伏したまま固まっていたし。腐っていても数だけは多い騎士団や、国王派ばかりが集まっていた義勇軍は、たぶん魔王軍と交戦中。

俺が心配していた孤児院も、部下に守らせているってさっきディノが教えてくれたし、心配することはもう何もない。

……ほんの少し前までは先が見えなくてもがいていたのに、鮮やかに盤面がひっくり返っている。

こうなると戦いしか能のない俺は出る幕がないし、ややこしい政治はアーサーや他のみなさんに任せて、さっさと去るのがいいだろう。

ずっと気を張ってて疲れたし、ディノの家で休ませてもらうとするか。

24

魔王城の最上階にあったディノの自室は、広いけどどこか寂しい部屋だった。

品良くまとめられた調度はどれも質がいいものだけど、使われた形跡がほとんどない。

強い魔獣を探して大陸中をうろついているディノは、ここにはあまり帰ってこないんだろう。

これなら孤児院の拠点のほうが、ずっと家みたいな感じだったな……と二人で寝泊まりしていた狭い部屋を思い出して、口元を押さえて密かに笑った。

——まさか、あんな粗末な部屋に魔王様を寝かせてたなんてな。

ディノも孤児院を拠点にしたらいいじゃん、と軽く誘ったのは俺だけど、よくついてきてくれたものだ。

ぎしぎしと軋むベッドでも洞窟の中でも眠れるのだから、ディノの本性は魔王より冒険者寄りなのかもしれない。

『幽玄の黒』として大陸中のいろんな国を回ったという話を聞いたし、これからもディノは、魔王のついでに冒険者を続けていくのかも。

――それなら、俺と……ってのは虫が良すぎるだろうか。

適当に座るよう言われて腰掛けた、この高そうなふかふかのベッド。ふっかりと足が埋まるほど毛足の長い絨毯。

魔王としてはこれが当たり前なんだろうけど、俺にとっては場違い感が否めない。釣り合う日が来るとも思えない。

でも、ただの一庶民の俺じゃなくて、冒険者としての俺だったら、いつか、ディノに並び立てる日が来るかもしれないから。

そうなれるように頑張るから。

……だからもう一度バディに戻りたいと言ったら、ディノはどんな顔をするんだろう。

「考えごとか？」

いつの間にか近くにいたディノにするりと頬を撫でられて、睫毛の先を震わせる。

まだ見慣れない紅いほうの瞳と、少し捻れた黒い角。たくさんの装飾を外して重そうな上着を脱いだ姿はいつものディノに近いけど、その背には大きな羽がある。

でもそんなことはどうでもよくなるくらいに、ディノが優しく微笑んでいて、拳をそっと心臓に当てた。

「……その、この間は嘘を吐いて突き放してごめん。あと、いろいろ助けてくれてありがとう。結局俺は何もできてなくて情けないけど、ディノのおかげで一番いい形に収まりそうで、孤児院の心配ももうなくて……全然うまく言えねえけど、それもこれも全部、ディノのおかげだ」

「それは違う。私が手を貸したのも、すべてが丸く収まりそうなのも、レンが頑張ってきたからだ。幾度膝を折ろうとも、立ち上がってきたレンだから……レンが諦めずにこの城まで来たから、私たちはまた会えた」

「それを言ったら、俺が意地を張らずにディノを頼っていたらもっと早く……って、違う。俺はこんなことが言いたいんじゃなくて、その、なんだ……つまり」

「つまり?」

「俺はまだディノほどには強くないけど、まだまだ強くなるつもりだし。悩んだり迷ったり頼りないところを見せてばっかだけど、そこは直していくつもりだし……いつかディノに、頼ってもらえるような男になれたらと思ってる」

「レン……」

「だから、あんなふうにディノを傷つけた俺が、これを言うのは許されないかもしれないけど……、改めて、また俺とバディになってくれ、ってのは」

崖《がけ》から飛び降りるような気持ちで口に出したけど、ディノの顔を見ることができない。

大陸最強のディノに比べたら、俺なんてはるかに格下だ。

ディノの年齢は知らないけど歳の差だってあるだろうし、魔王様と元孤児だ。身分の差だって計り知れない。

俺がディノに釣り合うものなんて何もない。

けど。

だけど。

どんなに釣り合っていなくても、ディノのことを諦めたくない。

「虫がいいよな！　そうだよな！　えーと、なんだ、酒も女もやらねぇのは知ってる。手合わせはこれまで通りするとして、あとは、金《かね》、金か……金なら……くっ……ある程度なら、差し出せなくもない。あくまである程度な!?　あんまり高《たけ》ぇと無理だけどな!?」

報酬はきっかり半々で、魔石に関しては買取価格の五割を手数料として受け取っていた。

となると、金額の交渉をするとしたら、魔石の手数料はそのままに、依頼報酬を六四に……？

いや、手数料も三割程度まで下げるべきか……？

迷宮の踏破で得られる金額を考えると、それでもソロのときよりは収入が多くなるはずだし、ディノにとっても悪くない、と思うんだけど。

でも踏破する迷宮がなくなってくると、のちのち響いてくるような気もするし……あまり金にも興味がないディノを相手に、果たしてどれくらいから交渉すればいいだろうか。

俺からどんな提案をしたら、誠意を感じてもらえるだろうか。

――そもそも、こんなでかい城の主に、金で交渉ってのがおかしいのか……？

どうしよう、と悩みながらディノをちらりと見上げると、切れ長の目を見開いたディノが、まじまじと俺を見つめていた。

金色と、紅《あか》。左右で違う色をした神秘的な瞳に、驚いた顔の俺が映っている。

……ありもしない重さを感じるほど強い視線だけど、なんでそんなに見ているんだろうか。

無言のままじいっと見つめてくるから、そろそろ穴が開きそうなんだが。

「な、なんで見んだよ?」

沈黙に耐えかねて声をかけると、ディノがゆっくりとまばたきをして、細く長く息を吐いた。

これまたディノにはめずらしい、気持ちを落ち着かせるような仕草だ。落ちかかる前髪を掻き上げて、もう一度意を決したように見つめてくる。

金と紅の双眸に、眉間に皺を寄せた俺が映る。

「……他でもないお前が金《かね》を差し出すと言ったことに、天地がひっくり返ったかのような衝撃を受けている」

「言いすぎだろ!」

「いや、少しも誇張していない」

「そ、そうか? そんなにか? ……でも、なんか、もうディノがいねぇと調子出ないっていうか、変な感じっていうか。魔王と勇者のバディってなんだよって感じだけど、そんなの関係なく一緒にいたいと思ったし。俺も、その、ディノのこと、す、す、す……すき、かも、だし……このままだと、きっと会えなくなっちまうし……」

やばい、恥ずい。

ディノの顔が見られない。

掛け値ない本音なのに目が泳ぐし、手のひらの汗はすっごいし、もう本当にどうしたらいいのか。

ずっと沈黙してないで、ダメならダメでさっさと断ってくれないだろうか。

そうしたら一度思いっきり凹んで、また別の切り口で交渉するから。

何度断られても諦めずに、バディに勧誘し続けるから。

「押し倒していいか？」

「は!?　いきなりなッ、ん……っ」

いきなりなんだよ、と言いかけた言葉は、ディノのキスに呑み込まれた。

キス。

そうだ、キスだ。

ベッドに腰掛けた俺に覆いかぶさるようにして、ディノが唇を押しつけている。

俺の唇をやわく食《は》んで、角度を変えて貪《むさぼ》って——俺の背がぽすりとベッドに落ちても、より深く舌を差し込んでくる。

——またバディになってくれって口説いてたはずなのに、なんでいきなり、キスなんだ……？

なんか気持ちいいから全然いいけど。

キスもセックスも興味あるし、全力で戦ったあとはいつも妙にむらむらするし、ディノとするのは嫌じゃないからいいんだけど。

いや、キスだけでこんなにふわふわするのは、まったく大丈夫じゃない気もするけど。

でもディノの唇の感触も、伸しかかってくるこの重みも、正直悪くないっていうか——うん？

押し倒していいかって聞かれたあとの、この体勢。

ベッドからはみ出してる脚を除けば、完全に押し倒されてる体勢だけど、ちょっと待て。

さっきから俺の身体をまさぐっているそこの男！　ちょっと待って！

「ちょ、まっ、ヤるのはいいとして俺が下!?」

「ヤるのはいいのか」

「え、いや、それは、言葉の綾《あや》で……ダメじゃない、ダメじゃないけど、順序がな!?」

「順序か。キスの次は？」

え、キスの次？

キスの次ってなんだ？

男同士だから、受け入れるほうの尻を洗う？　解《ほぐ》す？

中まで効くように浄化をかけて、潤滑剤を使うって聞いた気がするけど……キスの次にしちゃ高度すぎるか？

でも軽く抱き合うのは日常的にやってるし、相手の身体に触れるのだって、特にめずらしいことではない。

だからこれらはキスより下の段階のはずだし……となると、なんだ？　どうなるんだ？

「わからないなら勝手に進めるぞ」

「う、あ……ッ、まっ……！　んん……っ！」

いつの間にボタンが外されていたのか。

シャツの襟を割って入り込んだ大きな手が、腹まで伝い降りていく。

肉の薄い身体をなぞり、うっすらと割れた腹筋をたどり、ときどき微かに性器に触れる。

キスだけでしっかり勃《た》ったそれをズボンの上からなぞりながら、唇をキスで塞いでくる。

——まだ、答え、聞いてねえのに。

ディノの首に手を回し、差し込まれた舌に舌を絡める。

薄い唇に噛みついて、ディノの手に腰を押しつけて、気持ちいいを追いかけていく。

すぐ近くにある金色の目がぎらぎらと輝き、紅色の目が剣呑な色を宿して細められる。

「わざとか無自覚か、どっちだ？」

「？」

「……脱がすぞ」

下着ごとズボンに手をかけたディノに合わせて腰を浮かせると、窮屈だった性器が跳ねるように飛び出してきた。

それに少しの気恥ずかしさを覚えながら、お返しにディノの服を脱がす。

逞《たくま》しい胸元を見せびらかすような金刺繍の施された上質な黒衣と、なめらかな肌触りのゆったりしたズボン。その下の下着も真っ黒で、ディノらしさに笑いながらそれを下ろすと、巨大なものがあらわになった。

「でっ……かく、ねえ？」

「普通だろう」

「いや、いやいやいや、ない。それはない」

これが普通だったら、俺は粗チ……小さめということになってしまう。

体格のいい魔族にとっては普通なのかもしれないが、少なくとも俺にとっては普通じゃない。

おそるおそる触れてみると、太さは親指と中指で作った輪がようやく届くくらい。

長さは俺の手首から中指の先までより長く、カリも見事に張り出している。彫像のように美しい形をしてはいるけど、いっそ暴力的な質量だ。

「うん。残念だが、これは無理だ。入らない」

「煽るのがうまいな。乱暴に犯されたいのか？」

「はあ!?　なんッ、……？　っな、に……？」

ディノが何かの魔法を使ったのか。

腹がほんのりと熱くなったあと、何かが尻を伝っていく。

気になって視線を落とすけど、ディノが覆いかぶさっているせいでよく見えない。

潤滑剤のようなものを使われたんだろうか？

ディノの剛直に押し潰されている俺の性器から尻のほうまで、ぬるぬるとした液体が伝い落ちているらしい。

ゆらりとディノが腰を揺らすと性器から快感が広がって、漏れそうになる声を懸命にこらえた。

——これ、が、キスの次……？

敏感な裏筋を剛直でごりごりと刺激して、ディノが俺を責め立ててくる。

イきそうでイけない、けど気持ちいいぎりぎりのところを攻めるかのように、いやらしく腰を揺らしてくる。

それに応えるために腰を浮かすと、大きな手がそっと尻を支えた。

まろい尻たぶを揉《も》みしだき、谷間に指を差し入れて――長い指先が探り当てた敏感な蕾《つぼみ》に、息を詰めて背を反らす。

「あッ、まっ、ディノ……っ、そこ……！」

「敏感だな。すぐにはしないから、安心しろ」

「すぐには、って……」

「存分に解さないと、入るものも入らないだろう？」

「っ……！」

そろそろとそこを探っていた指が、何かを中に押し込んでくる。

ぷちゅりともぬちゅりともつかない音を立てたそれも、潤滑剤の類なんだろうか。もう性器から尻までどろどろなのに、相当な念の入れようだ。

いくら解したってあんなモノが入るはずないのに、ディノはどうしても俺に挿《い》れたいらしい。

――嫌ってわけじゃないから、いーけど。

絶対に俺が挿れたいってわけじゃないし。っていうかそんなこと考えたこともなかったし。

半分理性が飛んだようなディノの顔を見ていると、ディノの好きにさせてやりたいような気持ちにもなるけど。

「……少しでも痛かったら交代だからな」

不貞腐《ふてくさ》れながらも了承を示すと、ディノが口元を綻《ほころ》ばせた。

こっちが照れくさくなるくらいに、嬉しそうな笑みだった。

25

浄化は魔法でできるんだから、潤滑して解すのまで魔法で済ませられたらいいのに。

そうしたらこんな恥ずかしい格好で、尻を弄《いじ》られなくても済むのに……とどうしようもないことを考えて、ふかふかの枕に顔をうずめた。

でかいベッドに右向きに寝転がり、膝を抱えたような格好だ。

左手で尻たぶを掴んだディノが、丁寧にナカを解している。

あふれんばかりに注ぎ込んだ潤滑剤を塗り込めるように指を動かし、いやらしい音を立ててそこを拡げる。

「……っ、く」

「少しは快くなってきたようだな」

「ぅあッ……！」

指を咥《くわ》え込まされたまま左手で性器をこすり上げられ、鋭い快感に息が詰まった。

反射できゅうっとナカが締まり、ディノの指をはっきりと感じる。それにさえ羞恥《しゅうち》を煽られて枕から顔を離さずにいると、ディノがしゃらりとピアスを揺らした。

「恥ずかしいのか？　真っ赤だ」

「あの、なあ！　わかってんならわざわざ言う、な……ぁッ⁉」

「ここか。前を弄るとよくわかるな」

「ひッ、まっ……！　あ、ぅああッ……！」

ふいにどこかに指先が掠め、びくんと身体を跳ねさせた俺を、ディノは見逃してはくれなかった。

鮮やかな金色の瞳をわずかに細め、その場所を指先で優しく潰す。

軽くとんとんと叩いてみたり、引っ掻くように刺激したり。どうすると俺が身悶《みもだ》えるのかを確かめながら、逃げを打つ俺を押さえ込む。

ピアスを揺らしていた指で全身をそっと撫で下ろし、ときどきいたずらに性器を扱《しご》いて、俺を快楽へと追い立てていく。

――これは、だめだ。

さんざん弄られた性器はすっかり張りつめているのに、イけないぎりぎりをディノが攻める。

俺がイきそうになると手を緩めてねっとりとナカをかき混ぜて。絶頂が遠のくとまた弱いところを刺激して。

そのたびに大きく身をくねらせる俺の姿を、恍惚《こうこつ》とした顔で見つめている。

――くそ。戦いのときより、いい顔しやがって……。

強者と戦うときに見せていた、妖しく凄みのある笑顔。

そのときよりずっと愉しげなディノが、そっと俺に口づけてくる。

爛々《らんらん》と輝く金の瞳と、飴玉《あめだま》みたいにとろける紅の瞳。その両方に俺を映して、長い指が優しく髪を梳《と》かしていく。

さんざん俺を追い詰めておいて、そのとろけそうな笑顔はなんだ。

腹の底がうずうずして、くすぐったい感じがするんだけど。

「も……充分、だろ……」

「いいのか？」

「だから、わざわざ、聞き返してくんなよ……」

恥ずかしいけど勇気を振り絞って口にしてんのに、なんでこいつはいちいち確認してくるんだ。

尻すぼみの情けない声で文句を言って、ディノに抱きついて顔を隠す。

頬が熱い。耳も熱い。全身も快感に火照って汗ばんでいるし、股《また》のあたりはもうぐずぐずだ。

指が何本入っていたかもわかんないし、ディノのあのでかいのが入るなんて思えないけど、いい加減勘弁してほしい。

その思いで俯いていると耳元でくすりと笑う声がして、肩のあたりを拳で小突いた。

――今回は譲ってやったけど、マジでいつか、ディノにもこれを味わわせてやる。

俺が内心で誓ったのを知ってか知らずか、俺の両膝を折り畳むようにして、ディノが伸しかかってきた。

本当に、綺麗な顔をした男だ。

黒曜石みたいな艶やかな角に、きらきらと金が混じった長い黒髪。顔に落ちかかるそれを男らしく掻き上げたディノが、興奮に上気した顔で妖しく笑う。

惚れ惚れするほど美しい筋肉に覆われた身体の中心には、そびえ立つような剛直があって、見ていられなくて視線を落とした。

鍛えてはいるけど肉の薄い俺の腹に、ディノの熱い剛直が触れる。

さんざん使われていた潤滑剤のぬめりを移すかのように二本まとめて数度扱いて、先端を後ろに押し当ててくる。

「レン」

「ぁ……、なに……？」

「そう硬くなるな。犯したくなる」

「はぁッ!?　あッ、ぁ、うそっ……！」

信じられない言葉に気を抜いた瞬間、ディノの雄がぬるりと入り込んできた。

指とは比べ物にならないほど、大きい。

だけど苦しいだけで痛くはないのは、さんざん解されたおかげだろうか。それとも潤滑剤のぬめりのせいだろうか。

ゆるく抜き差しを繰り返しながら少しずつ奥に進んでくるものが、前側の弱いところに差しかかる。

……こんなのでそこを潰されたら、やばいかもしれない。

ディノの背中に縋りつき、ぎゅっと目を閉じて身を硬くするけど、ディノはそこで動きを止めた。

「……？」

「やっと、私を見たな」

「……ぁ、あ……ッ、そこっ、ディノ……っ！」

「締めすぎだ。気持ちいいのか？」

「……っ！」

なんでそんな恥ずかしいことを、平然と口にできるんだ！

絶対に頷いたりしねぇから、と唇を引き結んできっと睨むけど、ディノは愉しげに笑うだけ。

腰骨を掴んでねっとりと雄を動かしながら、少しずつ隘路《あいろ》を拓《ひら》いていく。

唇を噛み締めていてもひとりでに漏れ出る吐息に目を細めながら、俺のナカを味わっている。

ふいに視界に影が落ちた気がしてまばたきをすると、ディノの羽が目に入った。

蝙蝠のような形のそれは、広げると意外なほどに大きい。

俺を覆い隠すように広がったそれが、窓から差し込む月明かりを遮り、ディノに閉じ込められているような錯覚に陥る。

ディノの下に組み敷かれ、腹の底までディノの雄を受け入れて、執着を示すように羽で覆い隠されて——それを嬉しく思う俺は、もしかしてどこかおかしいんだろうか。

浅く呼吸をして必死に力を抜いているうちに、雄が奥までたどり着いた。

あらぬところがぎちぎちに拡げられて苦しいけど、痛みは少しも感じない。

こんなにも隙間なく、ディノとくっつくなんて変な感じだ。

ほんの少し前までは、もう二度と会えないと思っていて、アーサーに遺言まで遺したのに。もっと言えば、ディノに初めて会ったときは、いけすかないやつだとさえ思っていたのに。

未来は本当にわからない。

「ふっ……くく」

「どうして笑うんだ？」

「なんだろ。わかんないけど、なんか……あったかいな」

ディノの指に指を絡めて、心のままに笑みをこぼす。

馴染むまで待つつもりでいるらしいディノは、そっと額に口づけてきた。

＊

くすぐったいほどの幸せに浸る余裕があったのはそこまでで、雄が馴染んでディノが動き始めてからは、ただひたすらにディノに溺《おぼ》れた。

戦いのあとの興奮のせいか、何度イってもイくのが止まらず、どんどん敏感になっていって。

ディノの濃厚な魔力に酔い、白濁を注ぎ込まれてさらに酔いしれ、しまいには呂律《ろれつ》さえおぼつかな

くなってしまっても、全身でディノを感じていた。

お互いSランクで、魔王と勇者で、変に体力があるのもよくなかったんだろう。

半分気絶するように眠りに落ちても、目が覚めれば手の届く距離にディノがいて、とろけそうな目で俺を見ていて――そのままいちゃいちゃとじゃれあっているうちに、再び繋がっていたりした。

そのうちの何回かは俺がディノを組み敷こうとしたんだけど、たどたどしく愛撫《あいぶ》しようとしたあたりでディノに主導権を握られて、いつの間にか突っ込まれていて、一度も成功していない。

それまでさんざんヤりまくっていて、ディノを受け入れやすくなっていたせいだと思うけど……果たして俺に逆転の目はあるんだろうか。

「なあ。俺まだ、答え聞いてないんだけど」

「答え？」

「また俺とバディになってくれ、っていうのの答え」

爛《ただ》れた生活を送りながらも、ずっと気になっていたことを切り出すと、ディノがわずかに目を見開いた。

ここ数日はディノの部屋にこもりっきりで、文字通り至れり尽くせりな扱いを受けてきた。

さすが魔王様というべきか。何もしなくても豪華な食事が運ばれてくるし、風呂《ふろ》にだっていつでも入れる。俺とディノが風呂でじゃれあっているうちに、ぐしゃぐしゃになっていたシーツが取り替えられていたりもする。

まさに天国みたいな生活だったけど、いつまでもこうしているわけにもいかない。

ディノは魔王で、俺は勇者で、それぞれにやるべきことがある。魔王の仕事がどんな感じなのかは知らないけど。俺とバディだった頃に、どうやって両立させていたのかも知らないけど。

そういった細かいことはおいておくとしても、ただ俺がディノと一緒にいたいから。ディノに隣にいてほしいから。

「ディノは魔王だし、俺はまだしばらくはカストリアにいるつもりだし、前みたいなのは難しいかもしれないけど……期間限定のバディじゃなくて、正式なバディとして、できれば一緒に、いられたらなー、とか……」

「できればでいいのか？」

「え？」

「私は一生、レンを離してやるつもりはないが」

しれっと告げられた言葉が信じられずに顔を上げると、ディノがひたりと俺を見据えていた。ルビーみたいな紅色の瞳。強い力を持つ魔眼が、魔力を帯びて輝きを増す。その美しさに声もなく目を奪われていると、やがてディノが肩を竦めた。

「わかってはいたが、やはり効かないな」

「……やはりじゃなくて、いきなり魔眼使うなよ！　物騒だな！」

「逃げられたときのことは考えておくべきだろう？」

「なんで俺が逃げる前提なんだよ!?」

……って、前科があるからか？　そういうことか？

でもあれは、ディノを守りたくてしたことだし。俺の本意じゃなかったし。

……それでもやっぱり前科は前科か？

だからディノが微笑みながらも、マジな瞳で見つめてくるのか？

――逃げたいとも思わないから、別にいいけどさ……。

もし俺に魔眼が効くんだったら、傀儡《かいらい》にしてでもそばに置いておきそうな執着だ。

惚れているとは言われたし、ディノの想いを疑いはしないけど……もしかしたら、俺が想像するよりずっと、重たい感情を向けられているのかもしれない。

それを嬉しく思ってしまう俺も、同じくらい重たいのかもしれないけど。

「んじゃ、これからは正式なバディってことで！」

「ああ。今後はどうするんだ？　やつが王になったし、国王から巻き上げた金もあるし、あまり稼がなくても良くなるんだろう？」

「は？　金だぞ？　いくらあっても困らないお金様だぞ？　求めない理由なんてあると思うか？」

いつもの癖で胸元の金貨に手をやろうとして、そこに何もないことに気がつく。

……そういえば、ディノとの戦いの最中に、紐のところを斬り落とされて、金貨が飛んでいったんだった。

あとで拾いに行かねえと……と俺が膝に下ろした手に、ディノがそっと手を重ねる。

そうして渡されたのは、ちぎれた革紐と、摩耗した金貨。

何も言わなくても拾っておいてくれたことに礼を言って、手のひらの上で金貨を転がす。

「……それは冗談としても、なんつーか……俺は政治のことは全然わかんねえけど、すぐに何もかも良くなるわけじゃないってことはわかる。誰も何もしなかったら、明日を迎えられない人がいることも知ってる。……孤児になったばかりの俺がそうだったから」

「そうか」

「だから当分、金儲けをやめる気はないんだ」

戦争はそこそこ穏便に解決したし、クーデターも成功した。

腐りきった国王一派が捕らえられて、これからのカストリアは、庶民思いのアーサーのもとで少しずつ良くなっていくと思う。

でも、アーサーが王になったからっていきなり食料が増えるわけじゃないし、金貨が湧き出てくるわけでもない。

誰も飢えずに生きられる国になるまでは、金はいくらあってもいいはずだ。

正式にバディになってくれたディノを、俺の勝手に巻き込むことになっちゃうけど……。

それでもいいか？　と尋ねたくてちらりとディノを見上げると、とろけそうな目で俺を見ていた。

苺《いちご》を煮詰めたような紅い右目と、蜂蜜を固めたような金の左目。ひと目見ただけで胸焼けしそうな甘ったるい表情を浮かべたディノが、そっと俺を抱き込んでくる。

「微力ながら手伝おう。お前から金《かね》を取ったら何も残らない」

「いや残るだろ何かは！」

反射的に言い返して、ディノと目を合わせて小さく吹き出す。

額と額をごちんとぶつけて、じゃれあいながらキスをして——手の中に隠していた金貨をそっと、ベッドの脇のテーブルに置いた。

ずっとこれがないと落ち着かなくて、頻繁に指先でいじっていたのに、いつからそれが変わったんだろう。

戦いの最中に落としても忘れるくらいになったのは、何がきっかけだったんだろう。

両親の死のことをしっかりと見つめて、俺なりの復讐ができたこと？

絶望的な状況から抜け出して、未来に希望が持てるようになったこと？

それとも……金貨よりずっと大切で、何物にも代えがたい『金』を見つけたことだろうか。


ディノの髪に指を絡めて、漆黒に混じった金の一房に口づける。

磨かれたような金の瞳をじっと見つめて、挑発的な笑みを浮かべる。

——ま、ディノに言うつもりは、さらさらねーけど。

『金の亡者』から金《かね》への執着をぬぐい去ってしまった恐ろしい魔王に伸しかかられて、こらえ切れずに小さく笑った。

夜闇を照らす金の月より、すっかりすり減った金貨より、強い執着を示すこの『金』がいい。

何よりも美しい金の瞳に、このままずっと囚われていたい。

目尻にそっとキスを落とすと、ディノの瞳から理性が飛んだ。

番外編　黒夜の魔王は愛した勇者を放せない

細腰を掴んで雄を深く突き込むと、レンが嬌声《きょうせい》を上げて背を反らす。

柔らかな金の髪の下で両耳のピアスがしゃらりと揺れて、目に残像を残していく。

その頭には角がなく、その背中には羽がない。

微かに骨の浮く背骨を指先でそっと撫で下ろすと、レンがまた身をくねらせた。

——これは、どういう生き物なのだろう。

魔族より劣った魔力しか持たないはずの人間でありながら、その魔力量は大抵の魔族より多く。羽を持たない身でありながら、軽々と宙を跳ね回り。

これほど脆弱《ぜいじゃく》そうな華奢な身体で私と対等に剣を交え、恐れも曇りもない瞳で、まっすぐに私を見つめてくる。

「ッあ、ディノ、やっぱ前から……っ」

「後ろからは嫌いか？」

「嫌いじゃ、ねーけど……っ、顔、見えねーし……ッん」

ずるりと雄を引き抜いてレンの身体をひっくり返し、再び深く雄を埋め込む。

雄を歓迎するように、ねっとりと絡みついてくる熱い粘膜。既に私の形を覚えて、歓喜に震える最奥の襞《ひだ》。

そこを焦らすように押し上げると、レンの瞳がとろりととろける。

ほどよく筋肉のついたすらりとした脚が腰に絡まり、結合がまた深くなる。

わざとなのか、無意識なのか。閨《ねや》の中でのレンの仕草は、ひどく私の欲情を煽る。

こうして組み敷いて繋がっていても、もっと深く、もっと激しく、いっそ取り返しがつかないほどに、レンを貪ってしまいたくなる。

「奥に欲しいのか？」

「ん、んー……、まだ、いい」

「欲しがるような動きだが？」

「……だって、ワケわかんなくなっちまうし」

拗ねたように呟いて、恥じらうように瞳を揺らす。その耳も頬も首筋さえも朱に染まっていて、神が喰らうという果実のようだ。

私のレンを喰らおうというなら、神であっても屠ってやるが。

華奢な身体を抱き締めて、レンを深く貫いた。

雄を欲して綻びつつある最奥の襞を、抉《えぐ》るように、嬲《なぶ》るように。それでいてその奥には決して突き込まない絶妙な加減で、レンの理性を突き崩していく。

「ぅあッ、あ……ッ、なん、でぇ……ッ」

「奥には挿れてないだろう？」

「んぅ、ん……ッ！」

そういうことじゃないと言いたげな涙目で睨まれて、その唇を唇で塞いだ。

自ら欲を煽るようなことを言ったくせに、どうしてそれがわからないのか。

最奥に雄を押し当てたままこうして唇を重ねると、無意識に腰を揺らすくせに。結合部から漏れ聞こえる水音に、かぁっと頬を赤らめるくせに。

——もっと私を、欲しがればいい。

理性なんて欠片《かけら》も残さず、私に壊されてしまえばいい。

私の羽に隠されて、二度と誰の目にも触れず、私だけのものになればいい。

晴れ渡った空のようなこの瞳に、私だけを映せばいい。

「っは、ぁ……ッ、ディノ……っ！」

「そろそろ欲しくなったか？」

「……あー、くそ。……欲しくないわけ、ないだろ。ばか」

がじりと私の唇に噛みついて、レンが鼻に皺を寄せる。

怒ったような顔だけれど、その頬は隠しようもなく色づいていて、瞳はとろりととろけている。

……こんなにも甘い悪態が、この世に他にあるだろうか。

煽られるまま両腿《りょうもも》を抱え、それを折り畳むように雄を奥まで突き込んだ。

さんざん嬲った最奥の襞をぐりぐりと抉り、カリを引っ掛けるようにして押し拡げて——本来許されないはずの場所を、我が物顔で蹂躙していく。

唇も、性器も、内壁も。レンのすべてを味わいながら、快楽の淵《ふち》へと追い立てていく。

「ぁあ……ッ、ぁっ、やば、イく……イくから……ッ！」

「レン。レン。私のものだ……」

「〜〜〜ッ！」

華奢な身体を腕の中に閉じ込めて、さらに羽で全身を隠す。

月にさえレンを見せたくないというひどく重たい執着に、きっとレンは気づいていない。

＊

どれだけ激しい夜を過ごしても、レンは気絶したりはしない。

「さすがに疲れたなー」と呟きながらベッドに沈み「はは、まだじんじんしてら」などと言って照れくさそうな笑みを浮かべて、私の腕の中で丸くなって眠る。

いつだったか、孤児院で薄っぺらい毛布の中で震えて眠ることが多かったから、丸くなって寝るのが癖になったのだと話していた。

そのときはまるで猫のようだと思っただけだったが、レンに惚れた今となっては、幼いレンが寒さに震える日々を送っていたことを、面白くないと感じている。

――ヨーゼフ・ファン・ジュルラック。やつはやはり、八つ裂きにしておくべきだった。

レンの両親の死に深く関わり、幼い日のレンに深い屈辱を与えた相手だ。

気高い魂を持つレンが、たった金貨一枚のために膝を折らなければならないのは、どれほどの苦痛だっただろう。

その後の日々を孤児として過ごし、寒さに指を赤くしながらがむしゃらに剣を振ってきた日々は、どれほどの困難に満ちていただろう。

レンは法的に正しく公平な裁きを望み、実際にそれを叶えていたが、やはり足りないように思う。財産を没収され着の身着のまま平民に落とされたと聞いたが、今からでも部下に探らせて地獄に落としてやるべきか。

その具体的な方法を考え始めたとき、レンがもそもそと身じろぎをした。

眉間に皺を寄せて目をこすり、丸まった身体を大きく伸ばしての大あくび。それからようやく瞼を押し上げ、レンが私を見て目を見開く。

……いつも寝起きにはこうして驚いた顔をされるのだが、私が先に起きているのがそんなにも不思議なのだろうか。

「びっくりした、寝顔見てねぇで、起きたなら起こせよ」

「髪も睫毛も、光に溶けそうだと思ってな」

「なんだそれ。金色だから?」

訝しげに眉根を寄せたレンに答えず、寝癖のついた髪に指を通す。

確かにレンの髪は光を集めたような美しい金色をしているが、溶けて消えてしまいそうだと思う理由は別にあるだろう。

あまりにも眩しく、すぐ近くにあっても捉えきれず、こうして抱いていても手からこぼれてしまいそうな。まばたきほどのわずかな間に、雲に隠されてしまいそうな——突然バディを解消すると突き放されたあの日のように、いつか呆気なくレンを失ってしまう日が来るのではと、不安を拭《ぬぐ》い去《さ》れずにいるのだ。

だから朝日を浴びて眠るレンから目が離せず、私の羽で覆い隠してしまいたいと思うのだ。

そんな執着を口に出さずにゆっくりと髪を撫でていると、レンの薄い腹がきゅうと鳴った。

この細い身体のどこに入るのかはわからないが、レンは驚くほどよく食べる。昨晩激しく交わったこともあって、きっと腹が減っているのだろう。

「食事を用意させてある。食べるか？」

「食べる！　けど、魔王城の食事って誰が作ってんの？　いつ運ばれてきてんの？　俺、誰とも会ったことないいんだけど」

「基本的に、居住区への立ち入りを許しているのはヒルデアーノという側近だけだな。その者にも、呼ばない限り姿を現さないよう申し付けているが」

「え、なんで？　人間がここにいると問題があるとか？」

「私の選んだ者に文句などあるはずないだろう？」

仮に文句を言おうものなら、その首と胴が分かたれても文句は言えない。

魔国で魔王に逆らうというのはそういうことだ。文句を言いたいなら強くなり、魔王に勝ってその座を奪い取ればいい。

血筋よりも強さを重視する魔国は、そうして国が回っているのだ、と。

そう付け加えたら、レンはなんとも複雑な表情をしていた。

ちょっと安心したような、権力の強さに呆れたような、それでいて魔王の代替わりの制度に不安を覚えたような顔だ。

どうやら、魔王の座を狙う何者かに、私が殺されるのではないかと心配しているらしい。

――こんな心配をするのは、世界広しと言えどレンくらいだろう。

バディを解消した理由も、私を巻き込みたくなかったと、死んでほしくなかったのだと話していた。

『俺はみんなを守りたかっただけなのに』と、孤児院の子どもたちや街の人と同じように、私のことも守ろうとしていた。

……どこの世界に、最強と名高い魔王を守ろうとする勇者がいるだろう。

正体は知らずともバディとして幾度も手合わせをしてきたし、途方もない魔力を持っていることはわかっていたはず。

同族にさえ化け物と恐れられるか、神のように畏怖されるばかりだったのに……この世でただ一人レンだけが、私を対等で大切な、守るべき相手として見てくれている。

それに思わず唇を綻ばせると、レンが気まずそうに視線を揺らし、拗ねたように口を尖らせた。

「反対されてないならいいけど……じゃあなんで、居住区に入る人を制限してんの？　孤児院では普通にしてたけど、うるさいのが嫌とか？」

「違うが……いまさらだが、レンは私の魔力を浴びても何も感じないのか？」

「うん？　何を？」

「根源的な恐怖や畏怖の類などだな。……私が魔力を抑えていないと、魔族であっても平静を保てる者が少なく、ときには失神する者もいるから制限をかけているのだが」

こてんと首を傾げていたレンが、今度は逆方向に首を倒す。

きょうふ。いふ。と不思議そうに繰り返している様子を見るに、やはり微塵も恐怖を感じていないのだろう。

この城で働く魔族の使用人たちも、魔王軍の兵士たちも、そして側近のヒルデアーノまで。今まで私が出会ってきた者たちは例外なく、私の剥き出しの魔力を浴びると顔を青ざめさせていたのだが。

レンは、レンだけは、最初から私の魔力に動じていなかった。

角や羽まで出した全力での戦闘のときも、興奮に身を焦がし魔力を揺らしてしまう性行為のときも、ひたすらに私に向き合うだけで。

恐れも畏れも抱くことなく、強大な力を持つ魔王としてではなく、私自身を見つめていた。

「うーん、全然わかんねぇや。もしかして俺、鈍感なのかな？　ディノの魔力がやべぇことは、ちゃんとわかってんだけどなあ」

不本意そうに唇を尖らせたレンが、私の髪にそっと触れる。

魔王であると打ち明けてからは魔力を抑えていないから、金の混じった黒髪だ。その髪の間に指を差し込み、梳かすように指を通して、レンが眉間に皺を寄せている。

レンは、この言葉がどんなに嬉しいか、きっとわかっていないだろう。

物心ついたときから、ずっと怯えられて生きてきた。

この身に宿る強大すぎる魔力も御せず、ときどき無闇にあふれさせては、近くにいた者を恐慌状態にさせてしまってきた。

腕に覚えのある者が多い魔王軍なら。魔国で最も強い魔王ならあるいはと期待を抱いては、それを裏切られ続け……いつからか、私のほうから他人と距離を置くようになっていたのに。

——やはり、レンだけは特別だということなのだろう。

そう思えばこそ嬉しくて、心のままに頬を緩める。髪を梳かす手を掴まえて、その手のひらにキスを落として、ねだるようにレンを見つめる。

突然のキスに驚いたのか、あるいは見惚れてくれているのか。かちんと固まったレンが一気に顔中を赤くして、うろうろと視線をさまよわせている。

その赤らんだ頬に手を添えて、顔を近づけて囁いた。

「キスしていいか」

「とっ、唐突だな⁉　いきなり近《ちけ》ぇしな⁉」

「いつも焦がれているからな」

言葉とともにレンの唇を奪い去り、そのままねっとりと舌を絡める。

睫毛の先や赤らんだ頬、揺れるピアスに華奢な首筋。それらにそうっと指を這わせ、漏れ出る吐息を舌で搦《から》めとっていく。

無意識のうちにレンを隠すように広げていた羽に小さく笑って、想いのままレンに溺れていった。

（終）

あとがき

このたびは『守銭奴勇者は恋した魔王を殺せない』をお手に取ってくださって、誠にありがとうございます。商業では通算九作目、紙書籍としては初めての書き下ろしとなる本作ですが、こうして書き続けられているのも、読んでくださる皆さまのおかげです。本当にありがとうございます！

勇者モノなのに勇者と魔王がバディだったり、勇者があまり勇者らしくなかったりと少し変わった作品ですが、楽しんでいただけましたでしょうか。この本を読んでくださった方々が、少しでも満足してくださったらいいなと願うばかりです。

さて、この場をお借りしてお礼を伝えさせてください。

まずディノとレンに素晴らしい容姿を与えてくださった秋吉《あきよし》しま先生。作者の想像を超えた美しい二人を描いてくださってありがとうございました！

次に、ネタ案の段階から、手取り足取り二人三脚をしてくださった担当様！　作業中にまさかの長期入院となり多大なるご迷惑をお掛け致しましたが、臨機応変に対応してくださったおかげで無事に本作を送り出すことができました。本当にありがとうございました！

最後に、本作をお読みくださいましたすべての読者さまに、心より感謝申し上げます！　またいつか、どこかでお目にかかることがございましたら、引き続きどうぞよろしくお願いいたします！

桃瀬《ももせ》わさび

Ruby collection

守銭奴《しゅせんど》勇者《ゆうしゃ》は恋《こい》した
魔王《まおう》を殺《ころ》せない

2025年3月1日　初版発行

著者　桃瀬わさび

発行者　山下直久

発行　株式会社KADOKAWA
〒102-8177
東京都千代田区富士見2-13-3
電話：0570-002-301（ナビダイヤル）
https://www.kadokawa.co.jp/

印刷所　株式会社暁印刷

製本所　本間製本株式会社

デザインフォーマット　内川たくや（UCHIKAWADESIGN Inc.）

イラスト　秋吉しま

本書は書き下ろし作品です。

●お問い合わせ
https://www.kadokawa.co.jp/（「商品お問い合わせ」へお進みください）
※内容によっては、お答えできない場合があります。
※サポートは日本国内のみとさせていただきます。
※Japanese text only

ISBN 978-4-04-115998-9　C0093　Printed in Japan